U0164358

王良和　著

來娣的
命根

匯智出版

考古・自我・鎖鏈——自序

1

我已經記不起是哪一年、在哪一個地方，總之是跟着一個考古組織，來到一處古建築。古色古香的大屋有三進，領隊和十來個參加者，在屋中逛了一圈後，停在院中一角，抬頭望着鏤雕窗花上的一排雕刻，談論着那些三足鼎、花瓶、伸展的梅花下控球的獅子。我站在人堆中仰着頭看了一會、聽了一會，悄然退出，在大屋中隨意看，穿過了東側的院門。

遠遠我看到牆下一團黑色的東西，走近，看清楚，是一隻小黑狗，脖子被有點鏽蝕的銀色鐵鏈鎖住，鐵鏈扣住牆上的小鈎。我不喜歡狗，也不討厭，但我幾乎喜歡所有初生的動物——牠大概一個月大，小小的溫暖，在微冷的春日靜靜地伏在地上。我走到小狗的身邊，停下來，低着頭，彎着腰。已經很近了，我幾乎想伸出手撫摸牠的頭、牠的脖子、牠的肩背，一次、兩次的輕撫；然而不能——牠的身子不斷顫抖，頭微微偏側、低下，不敢看我，眼睛因為恐懼，閉上了，卻又時時試探着、試探着微睜，看看我。看看我，連目光都在顫抖。我吃了一驚，不敢伸出手，去觸動那驚恐

至極、不斷冷顫的小小的肉體。在我生活了幾十年的城市，我從未見過如此害怕人的小狗，一次都沒有。面對這隻小黑狗的神情、觸電的身體，我連蹲下來的勇氣都沒有。看了片刻，我離開了，帶着那黑絨絨的陰影。

在大屋中迷糊踱步，甚麼都看不見，無意中穿過了西側的院門，來到一個靜得出奇、左邊放着方形木桌、水盆的地方。環視一周，原來是個大廚房。盆水很清，浮着淡黃的物體。我好奇地移近，淡黃的物體浮在水面，十分安靜。我看了十來秒，仍然不知道是甚麼。直到它被我久視的目光顫了一顫，水波一閃，我看到脖子的摺痕、閉上了的一隻小眼——也是一個月大的小狗啊，毛都沒有了，等待斬碎下鍋。我忽然想到外面東側牆下驚恐得不斷顫抖的小黑影。

這成了我的懲罰。無論我去到哪裏，無緣由的，一個靜伏的黑影總會找上了我：鐵鏈、震顫的弱小的軀體、試探着微睜又閉上的眼睛，使我的良心不安——為甚麼你沒有拯救牠？買下牠，甚至悄悄解下鐵鏈，偷走牠？於是我的耳邊響起嗚嗚的淒鳴，一雙手做着剝皮的動作，菜刀在砧板上起起落落，這裏、那裏，瀰漫剁剁剁剁的聲音，然後是油鑊滋滋炸炸的、熱烈的煙花垂涎。

「好香！好香！那是甚麼味道？」

這是我一生的懲罰——你沒有拯救那鎖鏈中的靈魂。

讀過我小說的一位小說家評說:「他的小說大多用『我』作敍事觀點。」從吳趼人的〈黑籍冤魂〉到魯迅的〈狂人日記〉,第一人稱的敍事觀點,在現代白話小說誕生之初,不啻是嘹亮的新聲,更不必說外敍述套內敍述的故事中的故事了。然而,另一位小說家,卻相當提防「我」——「我」容易變成「自我」的獨裁者——無限的自我膨脹,甚至自以為上帝開天闢地,創造一切,主宰一切。為此,我陷入沉思。你不擔心我我我我最終變成「自我」的獨裁者嗎?整個世界、一切事物,都以「我」為中心,以「我」的眼睛觀看一切,以「我」的心理、心路歷程為小說的歸向?「我」真是這麼重要嗎?

五四運動至今一百年,我們總要在魯迅的希望與絕望、絕望與希望中輪迴;每隔一段時間,苦苦尋找「我」,又眼睜睜看着它失去。

現在,我,很珍惜這個「我」。

3

我無法忘記這個畫面:

象夫把幾綑極粗的麻繩拋到泥地上,麻繩的前端都紮成圓圈。三、四個象夫從象背爬下來,手握長矛,向母象和小象的身子輕刺。坐着的象夫用腳跟撞擊雄象的肩背,指揮雄

象把母象逼近地上的繩圈。地上，一個象夫用長矛輕刺母象的左腳，母象提起左腳，退後一步，踏進了繩圈。在旁操控繩圈的象夫，馬上拉扯麻繩，繩圈縮小，綑着象腿。母象轉身逃走，左腳的麻繩一緊，左腳吊起——麻繩的另一端，連着一頭雄象的脖子。這時，兩三個象夫把一個巨大的繩圈套進母象的脖子，麻繩越勒越緊——麻繩的另一端，連着另一頭雄象的脖子。一大一小，兩隻野象的脖子和腳，都套着極粗的麻繩，給象隊押向村子的歸路。其他象夫也把脅持的野象編入隊中。好奇的村民站在路邊，幾十個孩子擠在前頭。前排的女孩穿着碎花紅裙，像參加宗教慶典；後排的男孩或穿着 T 恤，或光着上身，膚色黝黑，目不轉睛注視着象隊歸來。他們歡迎的目光閃閃發亮，好像對眼前移動着的龐然大物上晃悠晃悠的象夫充滿崇敬之情——他們十足將軍，高高在上，凱旋而歸，接受民眾目光的鮮花。一隻野象拉扯着脖子上的繩索走到隊邊，試圖離隊；旁邊慓悍的雄象怒吼一聲，彷彿斥喝犯人：「哪裏逃！」巨大的象牙向前一頂，把野象逼回隊中。

陸地上最強大的軀體，無法邁出自我的腳步，牠會不會懷疑命運？我不自量力，隔幾年就寫象，失敗再失敗。寫了一次〈象圖〉，在雜誌發表了；重寫，擴大加厚，仍題為〈象圖〉，又在雜誌發表了。第三次，不斷收縮、切割，變成隱喻，題目改為〈布魯各的兩隻大象〉。重讀又重讀，每次讀到下面的片段，都感到平靜的暗湧：

有人用長矛猛刺，有人用棍打，有人用鐵錐猛力敲擊大象高聳的肩背。「唬！」不馴的淒厲嚎叫響徹夜空，混雜鐵鏈叮叮噹噹的聲音。

直到兩個大水桶出現面前。牠，和牠，終於靜下來了——伸長象鼻拼命喝水。世界，忽然剩下水的聲音。

4

這部小說集，最初名為《電梯考古》；交給出版社之前，我的眼中浮現許許多多的人。我寫他們是為了「再愛一次」。最後，我把書的名字改為《來娣的命根》。〈來娣的命根〉一文，對話純用粵語，這是我以前的小說沒有的。

目錄

來娣的命根

1

「嘩，簡直想食人！睩大眼瞪住我！」

善謙回來，鐵青着臉，扯高嗓門説。

只看了一次，善謙不再去看她了。

「佢唔肯出嚟，見唔到。」

仁慧回來，蚊子一頭撞進蚊香煙霧迷離的幻網虛牆，瘟頭瘟腦下墜，沒聲氣地説。耳邊迴響着一把清晰的聲音：「阿二，呢次畀你害死啦。」

對於他們家來説，「回來」不是指回到家裏，而是指家庭聚會。兄弟姊妹都成家立業，搬離了老家，各自在生活的漩渦裏。年節時聚會，見見面，互相祝賀；或者父親節請父親飲茶。某段時間常常見面，總是有事發生。

四個月前，仁美收到四妹的電話：「阿大，你識唔識煲木耳湯？」

中午，仁美煲了黑木耳豬腱湯，請住在附近的兩個妹妹來吃飯。

來娣還是像平常一樣，臉色蒼白的進門，一絲聲息都沒

有，一頭長髮溜溜幽幽的掛着，貼貼服服，好像要把整個頭都包起來似的。

仁慧幫着仁美把貼牆的小摺枱拉到廳中央，翻開摺起的桌板，摺枱大了些，長方形，可以讓四個人擠一點吃飯。

來娣望着碗中的黑木耳，薄薄的一片一片耳朵，黑亮黑亮的。她忽然聽到黑毛豬「啊啊」慘叫，心裏數算起來：一隻耳，兩隻耳。她看到湯碗中有一隻豬腳垂死蹬踢，豬蹄撞到碗邊，響起輕輕細細像哭泣又像竊笑的聲音：耳薄福薄。她按了按耳邊的頭髮，捧起湯碗，呷了一口，微微抬起了頭。

「哎吔！你做過乜嘢！」

仁慧忽然驚呼，馬上用手撥開來娣的長髮，只見來娣的喉間頸上，一弧勒勒響的瘀紅，兩隻耳朵竟是瘀黑，被火燒過一樣。

「哎吔，阿四，點解你咁蠢，要做呢啲傻事！」

仁美和丈夫阿偉連忙把脖子伸過去，瞪大了眼睛，驚見來娣的喉間，被一條大蜈蚣環扣着吸血，不約而同驚叫：「你真係做咗……？」

那天午後，剛巧社工吳姑娘約了來娣；吃過飯，仁慧急忙收拾東西，陪着來娣到屋邨見社工。來娣説，不要告訴吳姑娘；仁慧説，不行，你做了這種事。談了一會，吳姑娘搭的士送來娣去威爾斯醫院。來娣吊着頸箍，照了 X 光，還好，沒傷到喉嚨。黃昏時，一輛白車把來娣送到大埔醫院。白車只能載來娣和吳姑娘，仁慧只好回家煮飯，等消息。

夜色來勢洶洶，窗外河邊，萬家燈火，越發明亮，金燦燦如睡蓮開在天上、人間、水底，不知深藏的根泥黑污污的蔓至何處。

瞞了一個星期，仁慧終於吞吞吐吐在電話中對疑惑的弟弟說，來娣進了大埔醫院——善濟覺得奇怪，平日四姐姐兩三天就到他家來看老父，怎麼這回一個星期都不來，在大澳旅行買給四姐姐的蝦乾還躺在冰箱裏。

「我哋去緊醫院。」

「我立刻㗎。」

善濟還是第一次到大埔醫院，2BR，女精神科，不能直接到病房探病。按電鐘後，病房中的藍衣姐姐來開門，問探甚麼人，問是病人甚麼親屬，在會談室門口坐着的護士登記後，善濟和仁慧進去找了一張空桌子，坐下等着。環視四周，只見病人都穿了淺藍色病人服，和家人、朋友面對面傾談，對答自然，不像有甚麼病。

來娣從關得嚴嚴實實的病房中出來，穿着淺藍色病人服，棗紅色長褲，拖着地板慢慢移動，好像要地板推她，才木木地來到二人面前，坐下。善濟看到姐姐喉間的繩痕，自己的咽喉不禁動了一動。「顏色淡咗一啲，之前好紅，兩隻耳仔黑晒。」仁慧壓低聲音說。

「唔好亂諗嘢，好快會出去。唔可以再食齋，唔夠營養……。健健康康出番嚟，今年再食大閘蟹。」六、七年前，善濟每年訂半籮大閘蟹請家人吃，特別是四姐姐，最喜歡吃大

閘蟹了，一次可以吃六隻。兩年前，她說吃素，不吃蟹了，善濟也就沒再訂蟹。

「你想唔想出去？」仁慧問。

「梗係想啦！」

「想就唔好再做傻事。聽醫生話，乖乖哋食藥。」

「我可能出唔番去。有啲院友話，已經住咗喺呢度一年幾。」

仁慧今天煲了西洋菜豬腒湯，倒了一碗給來娣，來娣不想喝，經不起勸，低頭一勺子一勺子地舀，像玩弄着不斷入水的小艇，舀幾下才喝一口，喝空氣似的，一點聲音都沒有。來娣喝完湯，話不多說，就叫二人回家；返回病房前，狠狠地盯了仁慧一眼：「阿二，我今次真係畀你害死。」

吳姑娘探望來娣後，坐在二樓大堂的長椅上，和仁美、仁慧、善濟見面，第一次見到善濟。

「佢點解走呢條路？係唔係經濟有大問題？」善濟問。

「佢有冇同你提過有啲咩事解決唔到？」善濟問。

「佢分到公屋，一個人住，清清靜靜，應該好開心吖，點解整單咁大嘅嘢？」善濟問。

「冇幾耐之前，四家姐時時去公園影花影草蜢，拎住部手機問我哋靚唔靚。嗰陣佢時時笑。」善濟說。

「我哋都唔知道確實原因。」吳姑娘說。

「希望你哋同佢多啲傾吓，了解一下原因。」吳姑娘說。

「來娣提過，細佬有錢畀佢。」吳姑娘說。

「四家姐話，個仔有錢畀佢，叫我唔使畀錢佢。過年過節，我只係畀利是佢，農曆新年，畀六千蚊利是佢過年。」

「來娣同我講，個仔其實冇畀錢佢，佢話個仔有錢畀佢，係呃你哋，講完就喊起嚟。」

2

「你點解要做傻事？」

「我都唔知。」

來娣後來不回答了，越來越不想說話。

這是一座監獄，一座肉體的監獄，一出生，就要一生一世住在這裏。來娣想離開這座監獄。

剛來的時候，不能自己洗澡，浴簾拉開，一個姐姐把洗頭水擠到她的頭上，又把沐浴露塗到她的身上，嘩嘩嘩嘩一身是水，一雙陌生的手在她的身上搓來擦去，泡沫，泡沫，泡沫。真尷尬。第三天，來娣說，我可以自己沖涼。

頭五天，來娣完全無法排便，肚子有點脹硬。

「我無屎屙，五日嘞。」

她拉下長褲，再拉下內褲，側躺在床上。姐姐把一個瓶子的長嘴插進她的肛門，擠進一些透明的、滑潺潺的液體。第六天，來娣終於排了便。

來娣每天早上吃兩顆藥丸，晚上吃一顆。新藥換了幾天，她感到身體越來越熱，熱得要走來走去。除衫。一把聲

音說。於是她脫下了病人服。除褲。於是她脫下了長褲。洗衫。於是來娣想到要洗衣，洗衣要穿過兩扇門。她朝第一扇門走去。

「來娣，你去邊度？你唔出得去！」來娣身上只有奶罩、紙內褲，衫褲都在手裏。

有人抓住她，很大力，來娣覺得手腕很痛，死命甩開被抓的手，馬上又被抓住。她發了狠打人。三個護士連忙跑過來，五六個人合力把她制服了，拉到床上，按倒，用白色的寬布索把她的手腳縛起來。來娣甩着手踢着腳，歇斯底里狂叫，嗚嗚哭起來，向護士吐口水：「嗚嗚……我要洗衫！……放我出去！嗚嗚……洗……衫……妖你老母！」護士給她注射鎮靜劑，慢慢的，來娣靜下來，不再動，眼定定望着天花板，張大口，只聽到空氣在口中進出的聲音。來娣知道自己給人縛住了，因為她要到外面洗衫。

迷迷糊糊的，來娣感到自己躺在一個養貓狗的大籠子裏，四周瀰漫濃烈的屎尿氣息。一個穿橙衣的小女孩走到她的床前，眼定定望着她。

「幫我解開啲繩。」來娣說。

小女孩望着她，一動不動。

「唔該你吖，幫我解開啲繩，好痛。」

小女孩傻傻地望着她，一動不動。

護士說，來娣打人，昨天要縛住她。

護士說，來娣不肯出來，可能因為昨天受了驚嚇——一

個女病人攬了她一下，她嚇得哭起來。

護士說，她轉房了，調回2BR，是的，剛來的那一間。病情有點反覆。

護士說，醫生說聖誕可以放一天假，讓她慢慢適應外面的生活。是不是由你簽名？

仁慧握着手提電話的手，有點顫抖：「我唔揸得主意呀，你哋打電話問佢個仔啦。」

所有人都沒有想過，半年後，來娣仍住在大埔醫院，越醫越嚴重。仁慧每次探完妹妹，總是望着醫院外的青山，目光浮得好遠，拉不回來。見到兄弟姊妹，總是自責：「最衰係我囉，同社工講，害咗阿四。佢都叫我唔好話畀社工知。」

「唔關你事，你最偉大……次次都係你帶阿爸複診，又時時煲湯叫善謙嚟飲，兄弟姐妹有事，你都仆心仆命幫忙……唔關你事，你都係為佢好。」善濟常常安慰仁慧，他擔心自己最疼的二姐姐也會出事。

「都係阿三囉，叫佢食齋，唔夠營養，腦筋亂晒龍，又話做咗呢啲事，落咗地獄要重複又重複去做……」

「我邊有叫佢食齋？係佢自己要食，唔關我事。我自己都唔係食全齋，只係初一十五……我師父係咁樣講，勸人唔好自殺，我都係想佢好……。」

「唔通二家姐真係做錯咗？」一次，善濟和仁美、阿偉在背後議論這件事情，「慘啦，醫成咁樣！三家姐話，可能返唔到轉頭。」

阿偉忽然哽咽：「老四聽到老三話做咗呢啲事要落地獄，就問我信基督教會唔會好啲，又話想我帶佢去教會。點知老二已經帶咗佢去見社工，送咗去醫院⋯⋯」説完，長長地嘆了一口氣：「時也命也運也！」

這一天，善濟帶了一小瓶紅菜頭湯探來娣。來娣猶猶豫豫坐下，望了善濟兩眼：「你都唔似我細佬。」

善濟瞪大了眼睛：「我係你細佬呀！連細佬都唔認得？你時時嚟我屋企，新城市廣場 3 期紅棉閣⋯⋯」

「唔好講，畀人聽到。」

善濟別臉看看旁邊的人，鄰桌，一個中年女人正哭着説：「你知唔知道佢哋縛住你老婆，縛咗成晚，連廁所都冇得去！」

面對面，這麼近，她的丈夫只是微笑望着她，沒有説話。

「都唔當我係人，嗚嗚⋯⋯五花大綁！你試吓呢啲滋味吖，我係你老婆嚟㗎，送我嚟呢度！推我落地獄！」她抽泣着説，邊説邊望着她的老公。

面對面，這麼遠，她的老公嘴角動了一動，似笑非笑，望着她，一句安慰的話都不説。

「我係你家姐嚟㗎⋯⋯」善濟把臉轉回來，彷彿聽到來娣的聲音，心都冰冷了，只好擰開瓶蓋，説湯還有點熱，勸來娣喝湯。來娣望着塑膠瓶中的紅色液體，皺着眉，神色疑惑，不肯喝。旁邊的姐姐問是甚麼，知道是紅菜頭湯，就説有益，幫着勸：「飲啦，飲啦，有益呀！細佬咁好煲湯畀你

飲，飲啦！」

仰臉，紅色的液體一碰到閉上的嘴巴，來娣馬上把瓶子放下。

善濟擰緊瓶蓋，把不知有沒有喝過的湯放回膠袋中，沮喪地步出會談室，在走廊上回頭望着朝相反方向步向病房的四姐姐。第一次來，他也是這樣望着，四姐姐走了一會，轉過身來看看他；有一次還追出來高聲喊：「細佬！細佬！」要他把一小袋吃不完的食物帶回家。現在，善濟望着四姐姐，她背着他，頭也不回，慢慢地拖着自己又輕又沉的肉體步向病房。

門開了，來娣走進白得耀眼的房間，聽到近門的床上有人說話：嘉美少爺雞……廿分鐘……斬……。

來娣嘴巴顫動，走進廁所，跪在馬桶前，雙手抓着馬桶啜泣起來。她看到一隻滿是黑毛的大手，倒提着一隻公雞，銀亮的刀子在雞的咽喉一拉，那公雞馬上變成了她的兒子。她看見兒子的鮮血從喉間汩汩湧出，一滴滴落入地上的塑膠瓶，有的濺到瓶口、瓶頸，忽然洶洶往下流，一地血花。忽然，他的兒子「喔喔」叫了兩聲，黑毛大手熟練地拔着他的頭髮，拔得他的頭一挫一挫地顫動。喉間的血越滴越慢的公雞忽然抬起頭來奮力大叫：「媽！」只叫了一聲，頭就軟軟地往下跌。來娣嗚嗚哭起來，喃喃自語：「我飲咗我個仔嘅血！」

3

　　這個家族，有不少人要吃「糖」。吃「糖」是他們的暗語。
仁慧見到來娣，總是問：「食咗糖未？」來娣説：「食咗啦。」
仁慧還是不放心：「記得食呀！」

　　十年前，仁美、仁慧、阿偉，感到來娣可能要出大事
了。來娣忽然把兄弟姊妹的合照，一張一張交給合照的人，
又把兄弟姊妹多年前送給她的禮物退還。善濟到荷蘭旅遊，
買了一個瓷風車音樂盒送給來娣。藍白的瓷風車，上鏈後車
葉緩緩旋轉，順着時針的方向，一圈順着一圈，叮叮噹噹奏
起和諧悦耳的音樂。善濟把瓷風車音樂盒送給姐姐前，還特
地拿着到車公廟轉了一圈。兄弟姊妹聚會，聊着聊着，大家
才知道來娣把這一張照片那一個物件送還眾人，不約而同蹦
出一句：「唔對路。」

　　大家都知道，來娣在烈火之中（焚心以火，讓火燒了我）。

　　來娣説：「佢笑住話：我幫你喺深圳搵咗個妹。」

　　來娣説：「咩意思？」

　　他説：「講吓笑。」

　　來娣説：「佢笑住話：你個妹幫你個仔生咗個妹。」

　　來娣説：「咩意思？」

　　他説：「講吓笑啫。」（萬載千秋也知你心）

　　他每個月給她的家用越來越少，少到只得五百。她跟他
吵，沒有用；擠他的荷包，沒有用。搲爛塊面，面左左，各

行各路，最後連一塊錢家用都沒有了。一個男人鬥水喉，沒有工作能力的女人，有甚麼辦法（讓千生千世都知我心）？

她終於收到那個女人的電話。她抓着話筒，轉身對床上的他說：「打到來了，找你的。」

「唔聽。」（焚心以火）

她收了線。他黑臉，臉上似有淚光，開門離去，忘了帶上那個好威風好威風、像水壺的「大哥大」（讓愛燒我以火）。

女人一邊催他，一邊逼她。

她又收到那個女人的電話：「我有老公惜，你連老公都冇！」（燃燒我心）然後是十天八天就收到這個女人示威、炫耀的電話：「你霸住我間屋，我遲早落嚟踢你走！」（同享福禍）

那天晚上，來娣崩潰了，在沙田第一城的街道上，邊走邊大哭。仁美和仁慧不知可以做甚麼，仁美把妹妹摟在懷中，聽到「嗚嗚……嗚嗚」的哭聲在斑馬線、路燈、商店燦爛的燈光之間跌跌撞撞（燃燒我心，承擔一切結果）。路人看見一個女人被人攙扶着沿途失控大哭，有的停下來看看，問發生甚麼事。阿偉說：「冇事，冇事。」

只有善濟記得來娣結婚的情景，因為只有他到廣州參加四姐姐的婚宴。那是一個舊區，四周很黑，好像沒有甚麼路燈，所有人的臉都黑得看不見。火旺旺的是屋外的一個爐子，熊熊烈火燃着一隻大鐵鑊，不斷傳來「擦擦……擦擦擦……」的聲音。外聘的專業廚師，要在院子裏炒八桌喜菜。

圓桌沒有鋪上繡了龍鳳圖案的紅布，都是白色膠枱布，坐的都是沒有椅背、方形、可以疊高的膠凳。善濟穿着深藍色乾濕褸，拿着啤酒杯，跟在四姐姐身邊去敬酒。來娣穿着連身絲絨棗紅長裙，右邊髮間戴了一朵大紅玫瑰，笑得好開心。當天晚上，善濟睡在男家的閣仔，姐姐和姐夫就睡在下面的床。第二天清早，他從樓梯爬下來，看見姐夫只穿着白色的三角內褲。

游泳偷渡來香港的，和他大哥兩個，還有一個同村的，給鯊魚咬死。做裝修，專做泥水，喜歡飲酒，白蘭地，炒蝦拆蟹，肚皮越來越大。

來娣的母親對新女婿說：「你知道阿娣嘅過去，唔准講難聽嘅話傷害佢。」

婚後，來娣和丈夫住在大埔魚角村臨時安置區。來娣煲了紅蘿蔔豬肉湯，打電話叫善濟去喝湯。那時善濟在中文大學讀書，不遠。第一次來到姐姐的新居，心裏「哎」的叫了一聲。一排數不清幾多戶人家，都是些鐵皮屋頂的小室，炒菜的地方在屋外（算不算廚房？），客廳只能開一張小方桌（算不算客廳？），爬上樓梯，是只能睡兩個人的房間（算不算房間？）

然後，他聽說姐姐懷孕，她的男人去了叫雞。

「唔好界佢，男人要餓吓佢先知死。」仁美說。

「佢夾硬㗎。」

善濟聽着聽着，眼前忽然閃過姐姐被那個男人強暴的情

景。許多年後，他的一個未婚女同事，談到好姊妹的丈夫出軌時，咬牙切齒地説：「所有男人都係禽獸！」他想為男人抗辯，一想到這個泥水佬就沉默了。

幾年後，來娣一家在元朗上了樓，住進廉租屋。

十年後，他十四歲的女兒來了香港，住在她家裏。

「姨姨，借二十蚊畀我買嘢。」

來娣苦笑着對仁美、仁慧説。

「你有冇借畀佢？」

「有。夜晚問個衰佬攞番。……仲要朝朝煮早餐畀佢個女食。……個衰佬問：我唔得閒，你有冇時間帶佢去搵中學？」

「咁你點答？」

「咪話有囉，你畀番啲車費我咪帶佢去。」

再一起住，來娣會爆炸，那個女人出來了，又住在她家裏。

來娣大力關門，女人一腳把圓凳踢倒，木板撞地磚，砰！女人要來娣把租卡交給她，由她交租，來娣不肯。火星撞地球，轟！

再一起住，來娣會爆炸。等等等，來娣等到了元朗朗邊中轉屋，又是那種鐵皮頂的小室，一個人住，耳根清淨，但一想到那個女人搶了她的一切，不禁落淚，病情沒有好轉，時好時壞。仁慧怕來娣出事，常常山長水遠搭巴士搭火車去陪她，直到來娣在沙田分了公屋。

這裏環境多好，清清靜靜。大家都説來娣有福氣，在香

港，有廉租屋住，等於中了六合彩。善濟總覺得吃素不夠營養，刻意引誘來娣吃肉，而來娣喜歡吃海鮮。龍蝦、花蟹、海中蝦，善濟久不久就會請姐姐吃。大家都說，來娣有食福，她笑說嘴角生了一粒「食瘰」，還指給大家看。她聽到很多人說她有福氣，笑得合不攏嘴，拿着手機到公園影花影草蜢，和兄弟姊妹分享。來娣脫胎換骨，常常來看老父，有說有笑，大家終於放下心頭大石。

「我而家食番齋，唔食啦。」

「大閘蟹喎，你最鍾意食！」

「唔食啦，嗰啲蟹被人縛住，監生蒸死佢哋，好殘忍！」

「你唔食，其他人都會食！蟹有蟹命，畀人捉住，走唔甩！」

每次來娣說要「食齋」，總是精神出問題的先兆。善濟為此很不喜歡聽到「食齋」二字，他疑心三姐姐又慫恿來娣吃素，講佛經。

來娣又說對面的一戶人家，老是作弄她：把垃圾袋放到她的門外，故意「呼」的很大聲關門，半夜又故意開熱水爐，轟轟轟轟的吵得她睡不着。還趁她不在時，用百合匙開了她的家門，進去刮花露台的地磚，又把露台的天花鑽穿，掉下一大片白灰，還走進廁所，把渠邊的白英泥削了一半。

「趁我出咗街，就偷入我間屋搞破壞，正人渣！」來娣激動地說，「前世欠咗佢哋。」

「人哋無端端做乜整蠱你？」

「佢哋歧視我單親。」

仁慧勸來娣不要胡思亂想:「冤枉人哋,好陰功㗎。」

來娣漲紅了臉惡狠狠瞪着仁慧:「你硬係話我有問題!冇人信我!」

仁慧説:「你冇食糖?你係咪冇食糖?」

仁慧去探來娣,要了解她吃糖的情況。進了門,來娣馬上關門。仁慧在客廳中走了幾步。來娣壓低聲音説:「細聲啲!」

「點細聲呀?」

「噓,除鞋除鞋,畀對面家人聽到。」

「行步路都話畀人聽到!」

仁慧只得脱掉鞋子,光着腳在地磚上走路。

來娣關掉所有對着走廊的氣窗,不開電視,連電視插頭都拔去了。

「佢哋監視我,唔可以開電視,佢哋用電視畫面監視我。」

仁慧在來娣的房子中,不斷被要求「細聲啲」、「細聲啲」。

仁慧開水喉。

唔好開水喉,畀對面家人聽到。

仁慧要開窗。

唔好開窗,畀對面家人睇到。

仁慧沖廁所。

細聲啲,細聲啲,畀對面家人聽到。

仁慧終於發覺來娣換了醫生。林醫生説，她的病有進展，從精神科轉到綜合家庭科。

仁慧陪着來娣，來到威爾斯醫院精神科登記處，要求把複診時間提前。

「我個妹好唔掂呀，隨時會自殺，要快啲見醫生，好緊急！」

「佢而家有冇話要自殺？」

「而家冇。不過……」

「個個都話緊急，無期呀，改唔到呀……」

4

仁美、仁慧、仁心、阿偉、善濟，每次到醫院探完來娣出來都心情沉重。來娣越來越瘦，善濟要求醫院給她吃營養餐，來娣還是瘦得像隻鶴，即使肯喝湯，拈着勺子的手不住顫抖。嘴唇好乾，唇皮都裂開了，嘴角不受控制地一顫一顫，幾乎連話都不會説，總是低頭，不望人，和她説話沒反應，偶然説一句：「我都唔識你哋。」來娣完全變成了精神病人。

「阿二，呢次真係畀你害死啦。」仁慧探完來娣，在小巴站等車，抽了抽鼻子，望着遠處的青山，魂不附體，面色蒼白。大家輪着安慰她：「唔關你事，連你都出事就慘啦。」善濟望着二姐姐，想到她又要煲湯給四姐姐，又要帶爸爸複

診，滿面風塵，頭髮越來越白，心如刀割，心想，如果那一次四姐姐……。

他打電話給來娣的主診醫生，聽聲音是個初出茅廬的新丁，就忍不住問：「你做咗精神科醫生幾多年？」

「有關係咩？」

年輕醫生說話挺有禮貌，善濟一時發作不了。但他還是很不滿地說：「點解我家姐越醫越嚴重？入院嗰時仲可以同人溝通，點解而家成個木頭人，連話都唔識講？你唔好搵我家姐做實驗品，拎佢嚟試藥！」

他約了時間，要見一見這個主診醫生。掛上電話，他又打電話給二姐姐、外甥，約他們一同見醫生。

幾天之後，善濟坐在醫院二樓的長椅上，同一張長椅，他等着外甥，要問他許多問題。來娣總是說：「我個仔好乖，時時嚟睇我，請我飲茶。」善濟心裏有火，卻不斷對自己說：「冷靜，冷靜，好聲好氣同佢傾。四家姐得一粒仔，命根子，搣爛塊面，佢索性唔理阿媽就弊傢伙嘞。」

外甥在日本餐廳做店長，落場過來，坐下，聊了一會。

「阿孝，究竟你有冇畀生活費你阿媽？」

「有。」

「一個月畀幾多？」

「二千幾。」

「咁點解你阿媽同社工講，話個仔其實冇畀錢我，話你有畀錢佢，係呃我哋，講完就係咁喊。」

外甥不作聲。

第二天，善濟把阿孝的回應告訴大家：「都唔知信邊個！」

阿偉想起阿孝跟他說過，毛毛生病，帶牠看獸醫，一次八百；不禁唉的長嘆：「個仔養隻狗都唔養阿媽，想唔死都唔得啦！依家啲後生！」

十年都沒給生活費？善濟氣得眼都紅了。而這時，來娣正在病房裏，挨着床枕，望着已經死去的母親。母親差不多天天都來看她。睡醒，張開眼睛，總看見她坐在床邊。昨天，來娣陪母親來到一個奇異的地方，許多公公婆婆排排坐，擠在一列一列的長凳上，輪候骨灰位。真受歡迎，一定是好地方，所以她陪母親來了，但這間小室只有四面木板牆，並沒有甚麼骨灰位。「都唔知要等幾耐，嗰啲阿公阿婆等到變灰，都唔知等唔等得到！」來娣苦笑着說。

今天，母親的頭髮又白了很多，她穿着白底藍點的長袖厚褸，綢一樣的黑長褲，不說話，坐在她床邊的椅子上，手臂、手指，熟練地動着。起初，她以為母親為自己編毛衣，就說：「阿媽，我有好多冷衫，自己織畀自己著，多到著唔完。」可母親的雙手卻沒有拿着織針。瞪眼一看，母親原來正拿着三股繩子，交叉扭纏。母親在編繩子嗎？

母親兩手扭纏幾下，右手指在黑褲間一刮，就刮出一張紅色的銀紙，一百蚊，然後扭纏扭纏的編進繩子裏。

母親兩手扭纏幾下，右手指在黑褲間一刮，就刮出一張

紫色的銀紙，十蚊雞，然後扭纏扭纏的編進繩子裏。

母親兩手扭纏幾下，左手指在白底藍點的長袖厚褸間一刮，就刮出一張銀色的雪箔，然後扭纏扭纏的編進繩子裏。

來娣記得母親下葬時，他們把很多雪箔摺成元寶，一大袋一大袋的燒給她，還放了幾大疊金箔雪箔在她的胸前。她金光閃閃，銀光燦燦，安詳地躺在棺木裏，滿身華衣財帛，從沒這樣富貴過。

「阿媽，我喺呢度住，日日有飯食，一日三餐，飽到食唔落。我都話有好多冷衫，點解你唔啲吓？」

來娣的母親看了她一眼，低頭繼續勞動，好像要趕甚麼似的，雙手密密扭纏，不做聲。

忽然，來娣看到不遠處的牆角，一個男人坐着，在磨刀石上磨着一把銀亮的刀子，傳來刺耳的「擦擦……擦擦擦……」，這聲音好像在甚麼地方聽過，不吉利的聲音。悠悠忽忽的，來娣若夢若醒，看那人磨刀看得心驚肉跳，忽聽得有人喊：「來娣，見醫生。」

穿着藍色制服的姐姐，把來娣帶進一間房子。黃醫生坐在裏面，還有自己的兒子，另外兩個人，有點面善。

善濟望着黃醫生，果然是個年輕人，似乎不到三十歲，有點胖。

「係你同我通電話？」

善濟點點頭。

「究竟我家姐有乜嘢病？」

「來娣有嚴重嘅抑鬱症，仲有思覺失調。」

「點解我家姐越醫越嚴重？佢仲醫唔好，我怕我二家姐都會出事，佢有好重嘅 guilty feeling。」

黃醫生承認：「來娣嘅狀況，的確唔理想。」

「係唔係有效嘅新藥太貴？……」

「有好嘅藥，點會唔開畀病人？我哋開過會，會畀來娣試另一隻藥，但要先驗血。校藥要一段時間……。」

「咁你而家畀佢食乜嘢藥？可唔可以寫個藥名畀我？」

黃醫生似乎有點緊張，但他還是把藥名寫在一張紙條上：Paroxetine。

「我家姐幾時先出得院？」

「暫時未得，如果來娣可以出院，屋企有無人照顧佢？」

善濟瞥了瞥來娣，她十分專心聆聽醫生說話，好像病的是自己的兒子。直到善濟說：「佢未醫好，暫時唔好返屋企，佢一個人住，無人睇實，好危險。」

這時，善濟看到來娣睨了他一眼。

5

黃醫生說，農曆新年，給來娣兩天假期，讓她和親人過年，慢慢適應外面的生活。仁慧在電話中對護士說：「我唔揸得主意呀，你問佢個仔啦。」善濟在醫院見到探病出來的外甥，問來娣是不是可以放假兩天。

阿孝説：「佢唔肯放假。」

「點解？」

「唔知呀，佢話唔放，我哋都無辦法。」

善濟悲從中來：四家姐是感到絕望，放棄自己了？她要一生一世住在醫院裏，變成真正的瘋子？

善濟想到上個星期，和多年不見的童年友伴小良在茶餐廳午膳，問起小良二姊的近況。小良的二姊有精神病。小良説：「喺醫院住咗三十年啦，唔係呢一間醫院就係嗰一間療養院，病情時好時壞，靠綜援過日子，一星期探佢一次。大家姐？一次都有探過二家姐，當佢死咗！」小良輕輕鬆鬆、幾乎是笑着説：「呢啲就係佢嘅命，注定嘅，邊個都幫唔到……。香港，通街都係啦，梗有一個喺左近。」然後向善濟打了個眼色，輕聲説斜對面那個男人，是他的同事，有這種病，聽説醫好了，他把他介紹到這公司，幸好做得來，沒發作。小良是個悲觀主義者，堅持不生孩子，説不想下一代來到這個世界受苦。二十年前，他花了一千五百元，請一個相士算命，查《三世書》：「準到嚇死你！我有幾多個家姐，佢哋喺邊一年出世，全部算到，連我阿媽幾多歲改嫁我阿爸都知，我邊一年生，邊一年死，都寫得清清楚楚。」然後問善濟：「你要唔要見吓個相士，開命盤？」善濟説：「我唔想知道啲唔應該知道嘅嘢。」

一個人的時候，善濟會拉遠距離，審視自己和兄弟姊妹的人生。四姐姐可以不走這樣的路嗎？仁心説：「佢第一步已

經行錯：想快啲嫁出去。」

又是善濟，見證來娣談戀愛。

善濟唸中學時，有一天，來娣約他釣魚。從未聽過四姐姐會釣魚，她會釣魚？直到來娣帶他乘車坐船，見到一個叫輝哥的人，他才知道自己做了「電燈膽」。那天釣到的魚不多，離去時，他們把四、五條仍活着的小魚放回大海。回程的船上，他看見輝哥吻了吻來娣。原來姐姐拍拖了。

那天，他們到了輝哥的家吃晚飯。深水埗的唐樓，善濟踏進輝哥的家，心裏「咦」了一聲：很小的板間房。他第一次吃田雞。田雞腿滑，筷子夾不牢，掉到碗外。輝哥嘴巴尖尖、又瘦又矮的母親笑着說：「隻田雞腳會飛啊！」善濟笑一笑，心裏卻不喜歡這種又尖又鋒利的聲音。他後來聽到母親和父親勸來娣離開輝哥：「寡母婆守仔，一定妒忌新婦，板間房，仲要一齊住，有排你捱呀！」

來娣頂她母親：「我哋以前唔係住板間房咩？而家都只係住廉租屋之嘛，就嫌人哋住板間房？」

父親說：「狗仔唔係追你咩？佢屋企開士多⋯⋯。」

和狗仔他娘吵過架的母親馬上用紹興話說：「好哉！好哉！潮州人最孤寒⋯⋯狗仔多野蠻，將來會打老婆。」

但母親還是說：「嫁佢冇幸福。爽快分手。」

來娣和母親為婚事弄得很不愉快。她母親在背後，學人用廣東話說：「衰女包，第日唔好返嚟喊苦喊忽。」來娣當着母親說：「我衰我自己嘅事。」

到了講禮金,來娣在一旁不斷叫母親減:「佢冇錢㗎。」在背後說:「賣女咩,食人隻車!」

輝哥在洗衣店熨衫,人工不高。來娣說父親貪錢,說母親「白鴿眼」。

婚宴拍照,來娣的父母,笑不出。母親對仁美說:「阿媽瞓下格床,佢兩公婆瞓上格床,點洞房?」

幾個月之後,善濟聽到幾個姐姐竊竊私語,語氣有點難以置信。原來輝哥只得一顆卵蛋子。寡母婆說:「一粒仲好!」

幾個月之後,來娣回娘家,善濟總聽見姐姐以不屑的語氣說話,左一句「鐵嘴雞」,右一句「鐵嘴雞」:「嗰隻鐵嘴雞,雞髀就擒擒青夾畀個仔食,雞胸、雞骨就特登留畀我!」

來娣催輝哥搬出去,輝哥說阿爸早死,阿媽辛辛苦苦養大我,不能這樣不孝。「你要你阿媽定係要我?」來娣發火。

幾個月之後,來娣說要離婚,搬回娘家。

來娣的母親,很輕地說了一句:「不聽老人言,吃虧在眼前。」一個星期天,她和來娣、來娣的契姑姐,與女婿、親家在茶樓飲茶講數,希望能挽救女兒的婚姻。回來後,大家都鬆了一口氣,來娣收拾東西,回去那小小的板間房——在茶樓裏,阿輝不斷替外母斟茶,「阿媽」、「阿媽」地喊着。阿輝低聲下氣對來娣說:「你唔嫌我窮,就留低啦。」來娣心就軟了。

幾個星期之後,來娣心就硬了:「你阿媽真係好難頂!你

搬唔搬出去？」

來娣又發火了：「你講，要你阿媽定要我？！」

寡母婆守仔，阿輝是個孝順仔。來娣終於離了婚。

十多年後，來娣又說要離婚。她母親紅着臉高聲説：「又離婚？好聽！」

她父親説：「忍得就忍，百忍成金。」

來娣頂她父親：「成日叫我忍，忍忍忍忍忍，個衰佬成日出去玩女人，仲帶埋返屋企，篤眼篤鼻，點忍？」

6

來娣仍住在大埔醫院，病情沒有好轉。每隔三、四天，仁慧就會到來娣家拖地抹塵，她要來娣回家的一刻，打開門，看到自己的家仍然窗明几淨。

仁慧在電梯大堂幫來娣開信箱，看看有沒有信。進電梯，等電梯開門。來到門前，開鐵閘，把鑰匙插進匙孔，「卡」的一聲，開門，進去，轉身，關門，走到露台，拉開鋁窗，打開氣窗，讓新鮮的空氣隨着涼風源源不絕吹進來，吹走悶氣、死氣、晦氣。仁慧把五桶櫃上供奉觀音的富貴竹連花瓶拿到廚房，倒掉舊水，注入新水，又細意清洗葉片、根鬚。仁慧很怕這幾枝富貴竹變黃、根鬚霉爛發臭。洗濯後富貴竹的葉片更綠了，暈着好看的光；黃黃白白的根鬚一蓬蓬蔓生，底節下滴着水，鮮亮耀眼。她好像聽到根葉呼吸的聲

音，微笑起來。

把插了富貴竹的花瓶放回觀音菩薩右側，仁慧雙掌合十，恭恭敬敬求菩薩保佑來娣，這一劫能「大步檻過」。母親病危昏迷時，她向觀音菩薩説，自願減壽，祈求母親甦醒，病癒。今天，她又向觀音菩薩説，自願減壽，祈求妹妹早日康復。

她抬頭，望着通向露台的玻璃門上的氣窗，氣窗下是一條很粗的鐵，來娣就在這不吉利的東西上做傻事。仁慧想，明天要到車公廟求一道消災解難的黃符。

那天晚上，來娣在仁美家吃完飯，離去時，仁美給了她兩個番薯，明天做早餐。第二天早上，來娣吃過番薯，洗好碗碟，站在露台看風景。她的家朝東南，樓下是個小公園，每天清早可以聽到啁啁的鳥聲（清清靜靜多好）。早上溫暖的陽光照進來，照得來娣明明亮，一身金光（來娣，你真好福氣）。公園的宮粉羊蹄甲密簇簇開着淡紫的花，好像升起紫色的霧，飄着飄着快要飄進她的露台（等於中了六合彩）。悠悠忽忽的，她想起要尋找一樣東西。甚麼東西呢？一時又記不起。於是她轉身，瞪眼一看，看到一隻猴子坐在她的床上。哪來的猴子？雖然住在低層，雖然這屋邨的山頭有猴子出沒，但從未聽過猴子入屋。來娣馬上抓起露台一角的地拖，衝進去用地拖頭驅逐猴子。猴子一閃身，從雙層床的鐵枝空間跳下床，朝露台急步爬去，在窗邊一縱，消失了。窗子裝了鋁窗，還有密密的鐵枝，那猴子怎能闖進來又跳出去？

　　來娣把地拖放回露台一角，轉進客廳，檢查被猴子坐過的床，心想，都不知有沒有病毒，床單要用滴露大洗。她走近床邊，瞪眼一看，只見一綑繩子如黑蛇盤在她的床上。來娣無端一笑：「哈，要有繩，就有繩！」於是她抓起繩子，走到氣窗下。抬頭一看，氣窗推開了，下面的橫鐵，完全合用，就在下面放一張紅色小板凳，站到上面，把繩子穿過橫鐵，打了一個結，再打一個死結，然後打第二個死結，把頭套進去，踢開小板凳。

　　她聽到勒勒勒勒的聲音，意識開始迷糊。她大力呼吸，沒有空氣。她啞啞叫，掙扎着，甚麼東西套住了脖子，不斷收緊圈口，要勒死她。兩手抓着脖子間的繩圈，踢着腳掙扎着。「啪」的一聲，來娣沒有知覺前，朦朦朧朧看到一張熟悉的臉，好像是她的父親，從高處落下來，飄到面前，扶着她肩膊的手閃過刀子銀亮的光，她感到喉嚨又熱又痛。父親目光悲憫，定定地望着她。慢慢的，父親的臉一點一點暗下去，終於變成墨荷暈染的黑夜。

　　一點光，越來越清明。來娣睜開眼，看見自己坐在地上。紅色的小板凳反轉了，四腳朝天。她抬頭，看到橫鐵上垂垂吊着一根繩子，斷了。

7

　　仁美，仁慧，仁心，來娣，四個姐姐，只有來娣甩脫了

「仁」。來娣本名「來弟」，十八歲領成人身份證時，她終於把自己的名字改為「來娣」。善濟有時想，四姐姐一出生，就背負了父母最大的期望：把弟弟帶到這個世界來。而她不負期望，真的把善濟帶來了。但是，這樣一種為人而不是為己的「成就」，會不會就是四姐姐命途多舛的原因？她為了他改壞名，來娣在學校唸書，同學叫她「男人婆」。

四個姐姐，來娣唸得最多書了，也只是唸到小學四年級。她們來到這個世界，好像就是為了提早工作，使後面的弟弟有機會接受高等教育。

喂，工廠妹！仁美答應一聲。

喂，工廠妹！來娣答應一聲。

她們的人生改變了。

律師不會要工廠妹。

醫生不會要工廠妹。

教師不會要工廠妹。

於是，來娣嫁了一個做泥水的，丈夫在她懷孕的時候去叫雞。「所有男人都係禽獸！」善濟想抗辯：不是的！但他沉默了。他的口頭禪是：我們男人真是罪孽深重。

來娣在工廠做車衣，車得好快，但工廠搬上大陸的速度更快。來娣失業了，找不到工作，就看書學編毛衣。望着自己編的毛衣，來娣很有滿足感、成就感。編好的毛衣，自己穿幾次，就送給姊姊、弟婦、姨甥女。

「真係你織嘅？」善濟不相信自己的眼睛。來娣可以織很

複雜很難織的花，一個一個粉紅色小毛球，齊齊整整穿梭衣間。他從未見過這麼美麗好看的毛衣，連明星穿的也沒有那麼漂亮。

「手工織嘅冷衫可以賣好貴，有門路就好啦，可以賣畀啲闊太。」仁美説。

失業的工廠妹，有甚麼門路認識香港的闊太？

「可以開班教人織冷衫。」仁慧説。

在這個事事追求快速的城市，誰還有閒心編毛衣？

你會為所愛的人編毛衣嗎？

「我會去百貨公司買。」仁心説。

這是個沒有「溫暖牌」的時代。於是，來娣去了青山醫院做義工。

包午餐，但沒有交通津貼。雜誌架上的宣傳單張少了，來娣幫忙添加；圖書館的職員有事離開，來娣幫忙為醫生、護士登記借書還書的資料；五年一度的醫院開放日，來娣為參觀者引路，派環保袋；更多的時候，來娣在精品店賣東西。

做義工即是做善事。阿偉在威爾斯醫院做了十多年義工，常常鼓勵來娣做義工。做人要有寄託，忙着比閒着好，總之不要呆在家裏胡思亂想。

但來娣還是胡思亂想，瘋掉了。善濟想，換了是我，我可以一笑置之嗎？我會有同樣的結局嗎？「梗有一個喺左近！」

大家都説，來娣的樣貌，最像她母親了。大家都説，來

娣的性格，最像她母親了。二十年前，來娣的母親生日，一家人在中環鏞記吃燒鵝慶祝。那一晚，鏞記的燒鵝失水準，不好吃。來娣的母親一邊吃一邊罵，伙計埋單時，她漲紅了臉高聲罵伙計：「特登斬啲唔靚嘅燒鵝畀我哋！係唔係睇我哋冇錢畀？」來娣附和說那些伙計「白鴿眼」。

善濟想：爸爸不是教我們做人，要待人友善，和和氣氣，吃虧不要緊嗎？那人說：來娣對他的爸爸不好，他爸爸來香港探親，住在他家，多花一點錢，來娣就黑臉。來娣十分緊張錢，但她還是帶他的女兒到處找中學：「大人嘅嘢，唔關佢個女事。」

冥冥中，每一個人的頭上，都有一顆大星，北斗星、文曲星、天煞孤星……，誰的手指移動着那些星斗？誰在玩波子棋？

小時候，仁心、來娣、善濟、善謙，最喜歡玩波子棋了。六角形的盒蓋，印上了北京「天壇」的彩圖，寫着「彈子跳棋」。天壇三圓，是皇帝祭天的地方；棋盤六角，是孩子遊戲的樂園。一顆彩色大星，上面有數不清的圓孔，那是星星行走、移動的軌道。

十顆波子，排成三角陣勢，像一個矛頭，非常尖利，對着自己的心。（爸爸又取出《通勝》了）

有這一邊，就有那一邊；未出手的尖鋒，對着另一個人。（你的時辰八字呢？）

他也有一個矛頭，對着自己，對着你。（來弟，晚上十時

十分。哭得好大聲）

不必擲骰子，輪着輪着就到你。（哎吔，亥時！）

總要行出第一步，你一開始就跳？（害時出世？甚麼叫害時？）

你以為被擋住，無路行，其實你可以跳過去。（生在皇帝膝，一世勞碌！）

擋住的波子越多，可能跳得越遠，跳一次，跳兩次，跳三次。（細佬，你就好啦！）

連續跳，已經入了兩粒。（生在皇帝頭，衣食永無憂）

不能只看自己，也要留意其他人怎樣行，怎樣跳，靜心計算。（還有「稱骨算命」，富貴都有斤兩）

幫我搭條橋，得唔得啫？（得啦！五兩二：説你「一世亨通」）

益咗你，即係我蝕底，冇人想輸喎。（《通勝》，本來叫《通書》）

有此岸，就有彼岸。（又係來弟，最輕，二兩八）

一紅二黃三綠……（「稱骨歌」怎麼寫？希望不會太差啦）

四藍五紫……（一生行事似飄蓬，祖宗產業在夢中；哎，搞錯，要看「女」）

怎樣才能把十顆波子（嘩，聽住：女命生來八字輕，得善做事一無情。你把別人當親生，別人對你假殷情。唉！講到咁衰！）

——送到棋盤的彼岸？（來弟，你相信命可以改嗎？）

玩完。(信!多做善事)

咁快?再玩多一鋪!

　　四十五年後,善濟常常想起小時候父親教他看《通勝》,和姐弟在熱熱鬧鬧的夜晚玩波子棋的情景。但他想不起,來娣玩波子棋,有沒有贏過。拿着波子看棋局的時候,有沒有猶豫過,走這一步,不走那一步。而一念之間,一步之變,對這顆大星的運轉軌跡,會有甚麼影響。但他清楚記得,來娣打過父親。

　　那是來娣青春反叛期之時,她交筆友,改名「青雁」,和不認識的男人通信。來娣的父親擔心她遇到壞人,偷偷拆看她的信,看到一個陌生男人約她見面,地址:西灣河筲箕灣道123號5樓C。來娣的父親把信放在廚房灶君的香爐底,卻被來娣發現了。那是一個炎炎夏日的深夜,善濟永遠忘不了。父親洗完澡出來,穿着「孖煙囪」,兩父女吵起來。來娣邊哭邊罵父親偷看她的信,吵着吵着就出拳起腳:「頂你個肺!頂你個肺!」父親不斷格開她的拳頭,善濟仍然聽到「蓬蓬」中拳之聲。後來父親喘着粗氣返回房間,妻子在奶白燈光下細看,只見他白皙的胸口這裏一點紅那裏一點紅,開了好多梅花,不禁「喲」的叫了一聲:「小娘屄,打得格厲害!」

　　四十年後,善濟的父親突然主動談到這件事,說他後來看報紙,讀到一則姦殺新聞,案發地址,正是西灣河筲箕灣道123號5樓C。善濟疑多於信,心想,一定是父親想得太多

了。

　　小時候，善濟聽到父親「馬騮」、「馬騮」的喚來娣，還以為因為四姐姐瘦，尖嘴猴腮，所以被父親喚作「馬騮」。長大後，他才知道粵音聽起來像「馬騮」，紹興話卻是說「瑪瑙」，這是來娣告訴他的：不是「馬騮」，是珍珠瑪瑙的「瑪瑙」！而現在，來娣的父親九十歲了，他不知道來娣已經在大埔醫院住了八個月。大家不敢對他講，來娣瘋了。他腦退化越來越嚴重，沒有問來娣為甚麼那麼久都不來看他。善濟大起膽子，問父親記不記得很多年前，他私自拆看來娣的信，被來娣打。父親眯了眯眼睛，如夢初醒，懵懵懂懂地說：我沒有拆她的信。瑪瑙是孝順女，怎會打我？

　　善濟笑一笑，摟着父親，額頭貼着他的額頭說：忘了，忘了就好。

電梯考古

　　皇宮一樣的費城藝術博物館，門外八根氣勢雄偉的羅馬柱間，掛着五幅垂直的巨型長布條：Discovering the Impressionists，三個女人各被一個男人輕摟，跳着光影的舞蹈。

　　我們連忙進去，展廳的門牆，巨大的舞畫如盛大的舞會邀請，正想欣然聯袂而進，左邊一塊站得直直的告示板：Members-Only。

　　只好轉去看埃及的棺材、木乃伊。在莊嚴、神秘、華麗的死亡塑像、碑刻、木雕間東張西望，迴旋轉身，低頭沉思，驀然回首。咔嚓……咔嚓……好像是攝影機快門按動的聲音；好像是無處不在的亡靈，疑惑地盯着我們，偶然眨眼的聲音。

　　走着走着，剛蹦出「有點累」三個字，兩扇華麗的門隨即臨到我們的腳前，完全知道我們的需要，甚至像久候了似的，隨時敞開。銅鑄的菊花、水紋、吹號角的雙尾蛇妖、執盾持矛的奔馳馬人，遠古的神殿之門，門楣亮着燈板：ELEVATOR。我醒了醒。妻子按開關，兩扇門，果然馬上向兩邊大開，裏面金光閃閃。我跟着她走了進去。

「嘩！好 grand！好華麗！」

我從未搭過這麼大、這麼豪華的電梯，長方形，大如一輛小巴，裏面金燦燦，魚形、水紋、菱形的凹凸金色鋼板，加上金黃色的木地板、金色的門，整部電梯就像一塊金磚。一種強烈的歷史感、神奇夢幻感包圍着我們。

電梯門關上了，我突然感到自己即將走進《奪寶奇兵》的國度。

「怎麼還未到？」

「那麼慢？」

電梯門久久不開，電梯好像從來沒有開動。我和妻子按了幾次「1」，沒有反應，又按了幾次「A」，都沒有反應。

「困 lift 了？」

「不會吧？」

「還在 A 嗎？」

「到了 1 樓？」

「在中間？不上不下？」

「那就麻煩了！」

「這麼幸運？」

「真倒霉！」

我和妻子不斷按「開門」，又不斷按 A 和 1，電梯全沒反應。終於，我們確定：困電梯了。

妻子站在電梯門的左邊，我站在右邊。我蹲下來，按了按求助掣，幸好，很快傳來一把男人的聲音。我說，電梯壞

了。他問我們在哪一層，我說不清楚，不知道在 A 層，還是在 1 樓。他叫我們按「開門」。我按了幾次，說「沒反應」。他說：我們正想辦法。

「你怎麼要搭電梯？才一層樓。」

「你說累嘛。你剛才到洗手間，我見過有人搭電梯下來，電梯是正常的。這麼華麗的電梯，從沒搭過，就想試下搭囉。誰知我們一搭，就壞了。」她笑着說，表情有一點生硬，好像還有一點歉意。

「都知道你貪新鮮，現在怎麼辦？」

「等囉。」

於是，我們就各自在電梯一角坐下來了。

妻子盤腿而坐，翻出旅遊資料，靜靜地看着。

沒有聲音，連空調的風吹下來的聲音都沒有，我完全感覺不到一絲氣旋在這密閉的空間中流動。我開始擔心，如電梯沒有源源不絕的空氣，困電梯的時間一長，我們會缺氧。我抬頭環視這密閉的電梯，一絲空隙都沒有。

鐵屋中的吶喊，魯迅有沒有被困鐵屋中的真切經驗呢？那只是一個比喻。他考量的，是喚醒昏睡的人，讓他們面對萬難打破、毫無希望的鐵屋，反而會受到指責。在昏睡中死去，會不會是好的選擇呢？我忽然對每年都要講授的紙上內容，多了一點禁閉的切身感受。金 lift 中的吶喊？吶喊甚麼？Help，還是救命？真想笑。

時間一分一秒流逝，即使困在密不透風的沙漏中。時間

是不會死的，它知道甚麼叫不安、恐懼嗎？我忽然想到看過的韓劇《秘密花園》，男主角困於金色的電梯中，極度恐懼，按着肚子，滿頭大汗，呼吸急促，張口，喘氣，快要窒息的樣子，整個人倒了下來，狂抓電梯的扶手、金屬板也無法站起，雙手不住顫抖，癱軟無力。從那時開始，我朦朦朧朧的認識了一個專有名詞：「幽閉恐懼症」。

這樣想時，我忽然感到胸口被甚麼東西壓住，整個人緊張起來，呼吸不暢。

「我覺得呼吸有一點困難。空調好像停了，你感覺到有風吹下來嗎？」

「沒事的，你不要自己嚇自己。」

「我覺得空氣不足，你感覺不到？」

「感覺不到。」

我有幽閉恐懼症嗎？強勁的想像產生事實？

胸口被甚麼東西壓住，血壓上升，越發覺得電梯空氣不足。

她仍在看旅遊資料。

我站起來，走到電梯門前，大力拍打電梯門：「有沒有人！有沒有人！」

很快，對話機又傳來那個男人的聲音：「你在拍門？你在拍門？」

我走回通話機前，坐下來，對着通話機：「是的，是我拍門！究竟你們甚麼時候才能修理好電梯，讓我們出去？」

「我們在想辦法。請你們耐心等候。」又是這一句。

隔一會，他又問：「你們都好嗎？」

「電梯有沒有空調？究竟電梯有沒有空調？」

他答不出來，好像不知道電梯裏的情況。

「我感到頭暈，呼吸困難。」我有氣無力地説。

「他說頭暈，呼吸困難。」我聽到職員傳話給身邊的人。

「先生，你還好嗎？」換來了一把女聲，「技術員正在趕來，你們再等一等。」

「要等多久？他在很遠的地方嗎？」

「不遠，不會等很久。」然後是每隔一段時間，那個男人或那個女人就會問：「Sir, are you OK？」

妻子對着她那邊的通話機，大聲説：「OK！」

「不OK！」我心裏嘀咕。

沒多久，我們聽到斷斷續續的響亮的音樂、歌聲，莫非是博物館怕我們身陷死寂的世界，刻意播一些音樂，讓我們安心些？很大聲，很吵，我覺得安心些，又有點煩躁，很想説：播音樂是好的，但不要那麼大聲！

看看錶，已經困在電梯中超過一小時了，再過二十分鐘，博物館就會關門。工作人員會下班嗎？電力會中斷嗎？如果電燈突然熄滅，妻子就不會這麼鎮定了，她怕黑，怕老鼠。每一個人都有一兩個，或者更多的「死穴」，我的「死穴」是甚麼？

「你以前困過lift嗎？」妻問。

「困過，唸小學二年級的時候。」

「困了多久？」

「兩個鐘頭吧。」

「你在電梯中做甚麼？」

「等了很久都沒人救，就在電梯中唱歌。」

「那你現在也可以唱歌。」

知道她運用交談、轉移、緩解的技巧，讓我鬆弛下來。我不喜歡做她的client。

我不答腔，環視四周，長長地嘆了一口氣。

我的眼前浮起一個簡樸的公屋的電梯，可以看得見風扇在頭頂旋轉，甚至在風扇的空隙，看得見鋼纜升降的黑影。那天我尿急得很，電梯沒有人，忍不住拉下褲子，在一角撒尿。撒完尿，電梯就突然停了。我忽然感到無人的電梯裏，其實有一雙無形的眼睛，監視着我，看到我做出不該做的事，就用困電梯來懲罰我。後來，我懷着恐懼，向無形中的眼睛道歉、認錯、承諾：「我以後不敢了！」大約兩個鐘頭，電梯動了！然後，電梯門打開，我馬上跳出去，讓電梯一角帶着一灘黃色的液體上升、下降。

然則，這一次，我和妻子做錯了甚麼，又被一雙無形的眼睛盯上了，困在極盡華麗的金電梯？

我忽然聽到肚子咕嚕咕嚕的響了兩聲。

「糟糕！我想去廁所！」

「忍下啦。」

「十個鐘頭，二十個鐘頭都出不去，怎忍？」

我忽然看到這部華麗的電梯一角，多了一團啡黃色的物體，像 Paul McCarthy 的 Complex Pile（「複雜物堆」）——要與我記憶中的金黃液體對話的後現代藝術？

如果有一刻，實在憋不住了，怎辦？有人會說我們不顧香港人的體面，認真失禮嗎？再放大一點，不顧中國人的體面，認真丟臉？然後被「鐵屋」外的人指指點點，說我們「遺臭」萬年？我忽然聽到如雷的「吶喊」：「加油！加油！好樣的，好樣的，憋住！」如果有一刻，實在憋不住了，怎辦？死啦死啦，肚子又咕嚕咕嚕的響了兩聲。

「技術員甚麼時候才到？」我按着肚子，又在通話機前問。

「正在趕來，快到了。」

我覺得自己的神經又繃緊了一點，一把聲音在心中升起：「身後有餘忘縮手，眼前無路想回頭。」我常常會無緣由地背誦曹雪芹撰的智通寺門聯，然後好像進入了警幻之夢——人生，總有一刻會驚悟「忘縮手」、「想回頭」，但那可能已是闖了大禍的一刻，或生命將盡的一刻了。梁莊王墓中的金銀珠寶層層疊疊，鄭和下西洋帶回的寶石，不少在梁莊王的墓中找到。圖坦卡門墓中，也是埋了數不清的寶物，黃金面具，更是巧奪天工，非常耐看。為了拍攝質素更高的文物照片，來美國之前，特意買了一部 Canon 6D 相機，還買了一個 180mm 的微距鏡頭。我是個機器盲，連「傻瓜機」中絕大部分功能都不會用，竟然狠下心來扮專業，還說後悔沒有買

1D。妻子沒好氣地笑說：「1D？戰地記者用的！你連攝錄功能都不會用，還說要買1D？你看你，就是這副德性，貪得無厭！」我的電腦裏，單是古玉照片，就以萬計，貪，最多是貪看博物館的文物，然後慨嘆那些王侯將相「身後有餘」；可是，我真的有一點後悔跟着妻子走進這金電梯，弄得「眼前無路」，還肚痛起來，擔心身後「有餘」，不斷提醒自己，勿忘緊「縮」。

　　如果現在博物館起火，濃煙攻進來，妻子就不會那麼鎮定了。她會和我一起瘋狂拍門，大呼救命。我們會拼命抓開兩扇金門，雖然終是徒勞。嘉利大火，我在電視新聞看到一個逃到窗前惶恐呼救的人影，瞬間被撲向窗邊的大火吞噬，在火中痛苦地扭動身體。據說一些看過這個畫面的市民，患上了「創傷壓力症候群」，失眠、驚恐，腦海不斷浮現大火噬人的畫面，要接受心理治療。我倒是沒有為此失眠、噁心。但面對一些看似輕鬆平常的小事，我的反應大得旁人難以理解。正如我的一個姊姊——某天，我望着她在一部電動樓梯前，驚恐得面紅耳赤，不斷大哭，她想搭電動樓梯，卻無法平靜地把雙腳踏到不斷移動的銀色鋼板上，幾次想跨步上前，結果還是退回去，慌張大哭。真有那麼難嗎？那時我想，她從前不是可以搭電動樓梯的嗎？怎麼忽然那麼害怕電動樓梯？人的內心，原來是寂寞、荒涼的沙漠，新月低懸，衰草明滅。

　　時間的沙漏，點滴天明，點滴天黑，點滴至時間自身失

憶，天荒地老，不知時日，再無意識。黑暗。黑暗。黑暗。考古隊員，用毛掃拂拭着最後一片泥土，終於打開電梯門，所有擠近電梯門的考古人員「嘩」的一聲彈開——驚見一具死狀極為恐怖的男屍：整個人跪了下來，貼着電梯門，張着口，彷彿仍在狂呼，表情極度恐慌，兩手高舉，兩爪貼門橫撕，指骨因過度用力，爆出肌肉之外——我就坐在電梯一角，望着這具男屍，微笑起來。

　　這是我荒涼的歷史意識，對死亡的想像。三百年前，齊齊哈爾的扎龍村，發生過這樣的幽閉事件：一個身體虛弱的二十五歲貴婦，產後昏厥，家人以為她死去，極速把她葬了。誰知她在墓中的棺材裏甦醒過來，驚覺自己陷身黑洞洞的世界，無法推開棺板，嚇得狂呼救命，亂抓亂踢，把蓋在身上的壽衣壽被抓破，甚至把左邊的腳趾、手指都蹬破了，而胎盤，這時竟從腹腔中逼了出來。棺材中最後一絲空氣都被她吸光了，她張口狂呼、雙手力推、雙腿蹬撐的情狀，被死神定格——她成了濕地裏罕見的乾屍。三百年後，先是盜墓賊，然後是考古人員，被那幽閉空間中栩栩如生的掙扎死狀，嚇破了膽——我就坐在電梯一角，望着這具女屍，為那黑暗的幽閉空間中「絕望的吶喊」悲傷不已。

　　中世紀的死亡哲學，強調「若不能死，就不能生」，那是基督教的復活意識在主宰人對死亡的態度吧？如果我是那個貴婦，我會安然躺着，將錯就錯，在昏睡中死去，準備出死入生？還是拼命呼吸，拼命吶喊，拼命敲擊？人文主義之父

彼特拉克説：「我自己是凡人，我只要求凡人的幸福。」所以抗拒死亡，乃是本能。那不斷掙扎求「生」的死狀，不斷提醒我：努力抗拒死神、宗教的誘惑。活着！活着！

這樣想時，肚子咕嚕咕嚕的聲音慢慢消失了。

「先生，你還好嗎？」

「還好，技術員到了嗎？」

「快到了。你可以把你的手機號碼給我嗎？」

「告訴他我的手機號碼吧。」妻説。

不一會，手機響了。妻子和博物館工作人員講手機，他們仍在説技術員快到了，叫我們放心。在美國果然不同，可以在電梯中講手機。

「先生，我叫大衛，是這裏的主管。你們現在處於A和1之間，所以我們暫時打不開門，要等技術員來。真是對不起，讓你們經歷了一次特別的電梯旅程。技術員快到了，請耐心再等一會。」換來了另一把男聲，似乎是個年紀較大的男人。

於是我覺得再等一會就能出去了。我靜靜地坐着，漸漸感到有點冷。原來電梯一直有空調，我的神經放鬆了。

「你擔心嗎？」

「一點都不擔心。」

這就是我的妻子。我的母親非常怕死，小時候，我就活在她的「怕死恐懼症」之中。所以，新婚不久，當妻子説，死後要把眼角膜、心肝脾肺腎捐給有需要的人，我瞪大了眼

睛。後來，我聽到外父外母説：死，很平常。然而，我們總有那麼多「平常」需要克服：Discovering yourself。

「技術員來了。他會使電梯向下行，稍後你們會感到電梯微微挫動，下降，那是正常的，不必擔心。」大衛在通話機中説。

不久，電梯果然挫動，下降，然後，門打開了！只見一個保安在電梯外不遠處望着我們。我和妻連忙站起來，馬上跳出去。

我們各自到洗手間，我剛出洗手間，只見一個男人走進洗手間，好像要尋人。保安指着我。然後，妻子也出來了，抹着手。

一個年長的男人和一個年輕的女人匆匆走來，説對不起，令我們受驚了。年長的男人原來就是大衛，這裏的主管。三個人圍着我們。女人給了我們兩瓶礦泉水，説我們口渴了，先喝些水。

「剛才一直擔心電梯沒有空調，不夠空氣。」

「是他，不是我。」妻子笑着説。

「你們喜歡看印象派畫嗎？Discovering the Impressionists，歡迎你們參觀。」

「喜歡！」妻子笑説。

大衛送了兩張門票給我們。我看了一眼，上面印着「VIP」，然後，大衛邊和我們聊天，邊領我們到展覽場館。原來，今天博物館八時才關門。

妻子後來笑説：「你看，困lift就是為了讓我們看到印象派畫展，整定的！」

她現在説得輕鬆，如果我們困電梯的時候，博物館起火，濃煙攻進來，看她還會不會説「整定的」，或是，冥冥之中，上天自有安排！我又想起那個可憐的女子。如果……早一天醒來，她會看到新生的兒子或女兒。

從印象派的展覽館出來，只見整個博物館籠罩在熱烈、歡樂的氣氛中，原來這裏有一場音樂會。兩個穿着黑色西服的黑人男歌手，一個穿着黑色迷你裙、頭髮有如獅子的黑人女歌手，還有一個性感的白人女歌手，笑着，舞着，不斷扭動身體高歌。許多人坐在小圓桌間喝紅酒，許多人坐在氣勢雄偉的雲石樓梯間聽歌。

這時，我才想起困電梯時聽到的吵耳的歌聲。在我身陷絕境的時候，無形的天外洪音，我會想像那是神諭、啟示、救贖、慰安。然後，我將大事宣揚，我將成為唯一能與天溝通的巫師，掌握生殺大權，創造儀式，訂立禁忌，營建宏偉的神殿，呼風喚雨，佔據酬神、祭饗的財富。

我和妻子就坐在這座氣勢雄偉的博物館的樓梯上，偶然交談，微笑，望着眼前越唱越起勁的歌手，只覺心頭泛起微微的幸運感和幸福感。聽了半場音樂會，又重新在埃及的棺材、木乃伊、印象派畫之間兜來轉去，把握閉館前最後的一分一秒，昏昏暈暈，出死入生。然後，我穿過極盡華麗的金色畫框，走進了米勒的《月光下的羊欄》（The Sheepfold,

Moonlight），一天濃雲，在低懸的朦朧月色中，對着不知和
我有關還是無關的羊群，舉起了手杖。

露

　　父親在靈堂的中央，定定地望着我，他的頭很大很大，大得要走出來，走到每一個人的身邊，仔細看，記住，留住，那些溫暖的臉。

　　來鞠躬致意的人，我都認識，有些長輩，十多二十年不見一面，都是在這樣的場合重聚。其中一個姓董的，是上一輩在喪禮中會用紹興話隔着玻璃對着死者唱哭歌的人。四姐信佛，董大姐一來，四姐就請她不要唱哭歌，希望先人能靜靜上路。董大姐走到我身邊，用夾雜紹興口音的粵語說：「現在的後生，都不知怎麼搞的，不哭又不唱，我們那個年代，要哭要唱的呀，哭得越大聲唱得越大聲，對先人才好！」

　　唱哭歌，在我們這一代已成絕響。小時候去喪禮，只見幾個女人站在玻璃門前，哭歌此起彼落，我母親也善於此道，吵死人了，我甚至覺得那些唱哭歌的人在做戲，鬥演哀傷。守夜的時候，半夜三更，坐在椅子上累極渴睡，朦朧間又被哭歌吵醒，淒淒切切，如鐵鏈在地上拖行的叮叮，白無常應聲而來，頭戴高筒白帽，寫着「索命」或「一見發財」，慘白的臉頰貼着兩個血紅的圓圈，手中一根哭喪棒，令人毛骨悚然。那些喪禮，滿場紹興話，意思可感，卻難以理解，只

有我們在香港出生的孩子，才說粵語。年紀越大，出席喪禮聽到的紹興話越來越少，猛然驚悟，五、六十年代從紹興來港的親戚，一個一個無聲離去，快走光了。而我父親，他多想留在我的身邊，終於也要上路了。

親友中站着一個老婦，看樣子八十歲，有點瘦，臉異常白，似乎擦了不少粉，一口紹興話，我從未見過她，不知怎樣稱呼。她走前來，說認識我父親，但不熟，偶然到南貨店幫他買東西。她說要為父親摺些銀箔，還教我們怎樣做。

八時過後，要來送別的親友都來了，我精神恍惚，偶然望望靈堂的門口。門外牆邊，只有兩張空椅子，偶然經過的人，白衣白褲白布鞋，不知走向誰家的靈堂。父親的臉孔前，香爐上，三枝大黃香，點點微紅，輕煙裊裊，千古繁華，富貴恩怨，又落一瞬灰。露露，大概不會來了；而曦珠，是不會來了。她們都喚我父親「爹爹」。

回想父親的一生，我總很遺憾沒有帶過他去日本、韓國、泰國旅遊，他甚麼國家都沒興趣去，甚麼風光都沒興趣欣賞，只記掛自己的故鄉，只喜歡還鄉。我是在第一次和他回鄉的時候見到曦珠的。父母帶我拜訪這一家那一家，他們是甚麼關係，我是他們甚麼人，我都不大明瞭。眾多親戚之中，我最喜歡到張村有鄰公公的家，因為他的兩個兒子，和我年紀相若，很是投緣。大兒子比我大兩歲，五行欠火，取名炎燊；小兒子比我小兩歲，名字卻有很多水，叫㴆淼。這

樣生僻的名字，真不容易唸。他們要用紙，寫下自己的名字，我才「哦」的一聲知道是甚麼，只見眼前又是水又是火的，都不知是交融還是相侵。炎燊穿着白恤衫，淺綠褲子，我彷彿看見火盆上烘着一條滴着水的淺綠長褲。我和他們在二樓的房子裏下棋，輸的出局，讓看棋的人玩。

「將軍！」

烑淼把馬斜退一步。

我把靜伏邊線的炮移到另一隻炮的後面：「重炮將，哈哈！」

「哎，行錯！我不走馬。」他把馬移回原來的地方。

「舉手不回！」

他輸了，輪到炎燊和我對弈。炎燊移了棋子，指頭還點着棋子不放，楚河漢界之間，瞻車顧炮，左看右看，細察有沒有死士伏兵。我不耐煩：「得啦！得啦！放指！放指！」這樣下棋不好玩，太緩慢了，不夠刺激，誰都怕輸，後來大家都不玩了，累了就躺在炎燊的床上睡一會。

午後，我從樓上走下木樓梯，轉身卻見右邊屋外，一個少女剛洗完頭，一頭長髮濕濕的，轉過臉，望着我一笑。她的臉白淨細滑，泛着柔光，牙齒又白又齊，整個人在百年暗色的木屋中雪花般閃亮。心裏「登」的一聲，誰家姑娘？完全不像種田的人。原來是有鄰公公的女兒，炎燊、烑淼的二姐，名叫曦珠。這就奇了，他們的大姐，我早上見到，典型的農村姑娘，紮着兩條辮子，臉曬得黑黑的，一點都不美。

後來問父親，他説：「有鄰公公這女兒生得像有鄰婆婆年輕時漂亮，兩夫婦小心地呵養着，指望她將來嫁個『香港老闆』，不讓她下田、曬太陽，一切粗重工夫都不讓她做，手指都養得幼白細滑。」怪不得，有鄰婆婆才四十多歲，樣子仍非常好看，比我媽好看多了。

很多親戚請我們吃飯，黃昏時轉到多福哥哥家。他妹妹露露給我斟了滿滿一碗黃酒。我學着用紹興話説：「罪過！罪過！」多福哥説：「露露又不是你長輩！應該！應該！」然後是滿桌子笑聲，似乎是笑我用錯詞語。我喝了一口黃酒，臉就紅了，露露望着我笑。露露是曦珠的表妹，像曦珠一樣剪了辮子。露露頭髮短，人清爽，但眼睛不夠曦珠大，又是單眼皮，顴骨高，有點丈夫氣。方桌上十多碗菜，母親説，都是露露弄的，露露多能幹！然後笑着誇她：「哪個小官人有福氣，娶得到露露！」多福哥哥説：「不是我賣花讚花香，誇自己的妹妹，露露呀，早上騎了自行車上班，晚上還在燈下讀英文，甚麼「猴豬野豬」（How do you do）的，我也搞不靈清，伊甚麼苦都吃得，又有上進心。」露露笑着説：「啊，你講講，我哪有那麼好！」父親和母親就接口：「露露實好！實好！」

回祖屋的路上，父親問：「露露給你做老婆好不好？」我笑着説：「黐線！」

這是我第一次回鄉，還在唸中五。回到香港不久，母親説收到小爹的信，信裏附了一張黑白小照片，她遞過來，問我意見。那是個典型的農村姑娘，也是紮着兩條辮子，穿着

小格子衫，兩頰有點脹，面上好像長了些暗瘡。

「誰？」

「裘醫師你記得嗎？」

「甚麼裘醫師？」

「在紫洪山幫你看病的那個裘醫師。」

我記起來了，我回鄉幾天，也許是天氣太熱，也許是水土不服，發起燒來，不知是誰請了個醫生為我看病，打了一針。

「哦，是那個裘醫師。」

「他說看過你寫在扇子上的詩，說你有文才，想將個女嫁給你。」

想起那把扇子，我的頭頓時低到掉在地上了。我父親和鄉親胡吹瞎說，說我會寫詩，還得過獎，竟有人拿了把扇子要我題詩。我說我只寫過幾首新詩，不會寫舊詩；他們不信，毛筆、墨都備好了。「作嘛！作嘛！」好多人圍住我，我只好把中四時和我背背古詩的一個同學作的五律抄在扇上，甚麼「山低難臥虎，水淺不藏龍……平生磊磊胸。」我已聲明是我的同學甘國彥寫的。他們說：「你不要太謙虛啦！明明是你寫的！我們王家沒出過狀元，只有你有文才……」然後那把扇子的命運就是傳到不知所終，原來傳到裘醫師那裏！

「都係你，吹甚麼呢吹！搞到來香港！」我埋怨父親。

他傻傻地笑着。

「真奇怪，連裘醫師都……」母親打圓場。

「我有三個兒子，很多親戚都問，這個問問，那個問問。他們都想找個香港老闆做女婿，人望高處……。」

「我們住廉租屋，又不是香港老闆。」

「他們哪管你，香港人都叫香港老闆。如果你肯要，大把給你揀，排隊排到村尾。」

「黐線！」

父親和母親似乎很希望我們三兄弟娶紹興媳婦，三個都落注，起碼三中一，就像賭博。有個紹興媳婦，說話同聲同氣，飯菜都對口味。他們不時提到誰誰誰的孫女或女兒，然後問我們「要不要」，哥哥說不要，我說不要，弟弟說不要。弟弟大大聲說：「娶個大陸妹，畀人笑到面黃！」

但我的堂哥是要定露露了，聽說曦珠也被一個「香港老闆」睇中。

八十年代後期，中英就香港前途問題談判如火如荼，改革開放深化，中港交流日益頻繁。露露飛到廣州和坤哥相睇，堂叔在白天鵝賓館宴客，點了好多菜。機票、食住，都由堂叔包起，父母全程相陪。在酒店外的江邊散步，大家叫坤哥和露露拍張照，父親叫坤哥把手臂搭在露露的肩上，坤哥照做了，露露很大方，只羞羞的笑一笑，也不閃避。母親笑着說：「對啦，這樣拍張照！」一二三，笑！照片沖曬出來，看的人都說露露和坤哥有夫妻相。露露穿着紅色的風褸，坤哥穿着藍色的風褸，露露微笑，坤哥也微笑。我看着這張照片，笑父親又幫人做「雞仔媒人」。

堂叔在酒店當了許多年大廚,退休後在大埔買了居屋,算是小康之家。堂叔七個兒女,娶的娶,嫁的嫁。坤哥頗英俊,在法國當了許多年廚師,儲了一點錢,按理應該早已成家,可是快四十歲,仍未有着落,給弟妹爬了頭。堂叔有點急,坤哥倒是一副無所謂的樣子,他做甚麼事都好像無所謂似的,很少說話,動作慢騰騰,成個豬油包。父親無法為我們做媒,倒很高興為堂侄做得成媒人。幾年後,我們到堂叔家拜年,吃午飯時,父親見堂侄的肚子像個籃球,說他「肚皮崖崖大」,叫他多做運動,減減肥。坤哥指着露露的肚子,蹦出一句:「她才大!」我們溜眼一望,露露懷孕了。

香港進入九七倒數,從我在故鄉初見露露算起,她要做香港老闆的媳婦,足足等了十年。他的表姐曦珠,卻比她早幾年嫁到香港來。曦珠初到香港,和丈夫到我家,總是爹爹、媽媽的喚我的父母。我初聽很不習慣,無端端有人熱情地喚我父「爹爹」,喚我母「媽媽」,她不是我姐我妹,又不是嫁了給我。曦珠的娘和我母是結拜金蘭,曦珠就把我父母當成自己在香港的父母了。我看着這個一度驚豔的姐姐,嫁了個「波波頭」,只覺有點委屈了她,不如嫁給我哥哥,但哥哥早已搖頭。她的丈夫振華,頭有點圓,穿着西褲西裝褸,不結領帶,坐在沙發上安靜地嗑瓜子。紹興人,一口道道地地的紹興話,但不常說話,樣子誠樸。曦珠很快為他生了個兒子。我和父母回鄉,到有鄰公公家,只見他的家黑白電視換了彩色電視,電冰箱、洗衣機的多了許多電器,聽說都是振

華送的。曦珠剛好帶了兒子回鄉，三歲小孩，登登登在院子跑來跑去，一會推倒木凳，一會追小雞，抓到小雞竟然把小雞擲到地上，又去追第二隻。他外婆、外公看着孫子追雞，只是笑。我給他起了個外號：大力士。

曦珠嫁到香港後，有鄰公公幾年就來香港一次，在女兒家住三個月，探親觀光。第一次來香港，有鄰公公在我家住了幾天，父母帶他去海洋公園，回到我家，有鄰公公整晚失眠，慌失失。原來他坐登山纜車嚇死了，纜車在懸崖間吊行，他緊抓扶手，身子僵硬。纜車來到輪軸處，突然凳凳凳凳的顫動，他以為纜車要掉到白浪翻滾的大海，「哎，死快哉」的叫了一聲。在山上玩了一下午，回程時，又要排隊搭纜車，有鄰公公立即掉頭走，說要走路下山。父親說，只能坐纜車下山，沒有其他路可走，還不斷用紹興話安慰他：「勿怕個，安全個，大家格樣坐。」有鄰公公硬着頭皮再嚇一次，回來後，父母總是笑，他面青口唇白地說：「啊，格燈籠可以坐坐個？！」他把登山纜車叫「燈籠」，問他海洋公園好不好玩，他大搖其頭：「啊，格燈籠！格燈籠！」我們都聽得嘻嘻笑。

在女婿家住了兩個月，有鄰公公越住越沒有味道。晚飯八菜一湯減至五菜一湯再減至三菜，連湯都沒有了。振華住在牛頭角的唐樓，五樓，上上落落要走樓梯，房子小得很。有鄰公公起床，把腳放到床邊，膝蓋就頂着衣櫃。曦珠要振華買錄音機和西裝帶給紹興的弟弟，振華不肯，兩人頂了幾句嘴。吃晚飯時，有鄰公公正要夾一塊雞胸，振華忽然紅着

臉，扯高嗓門説：「都是一班畜生！不會做，只會『拆之』、『拆之』！」有鄰公公的筷子顫了顫，雞胸肉掉回雞肉堆中，筷子卻黏着油光四溢的雞皮。第二天，他又搭地鐵轉巴士來我家，説要住幾天，晚上和我父親同床共枕，閒話家常。

「『拆之』、『拆之』是甚麼意思？」有鄰公公走後，我問父親。

「食囉。」

「他罵有鄰公公？」

「罵有鄰公公只會食，不會做。」

「連曦珠都罵進去？」

「都罵進去。」

吃晚飯時，我學着紹興話叫父親夾菜吃：「『拆之』啦、『拆之』啦。」父親即時黑臉：「説不得！」

「我只是叫你夾菜食。」

「『拆之』、『拆之』可以講的麼？」

「有鄰公公的女婿不是説有鄰公公『拆之』、『拆之』？」

「那是説豬的，説豬吃東西才説『拆之』、『拆之』！」

第二年春節，曦珠和振華來我家拜年，振華問我父親借五萬元，説要合資開染廠，又説可讓父親拼五萬。振華説：「爹爹，媽媽，有我落場，大可放心！」父親和母親一口答應了。他們走後，我説十萬，差不多是我家全部積蓄，我們和曦珠兩夫婦又不熟，振華一年才見一次，你們怎麼就信他？有甚麼差池，你們幾十年才攢那麼些錢，就甚麼都沒有了。

父親說，振華是老實人，一天打三份工，白天在染廠工作，晚上還到惠康超級市場搬貨，吃苦耐勞，有出息，一定不會騙我們。

第三年春節，振華果然把借的錢連息還給父親，父親拼股的五萬，更分了五萬。振華說，染廠的生意好到翻倒，一年賺了八百萬，幾個大股東就想獨食，把他們踢了出來。父母很高興，可是沒多久，父親不知聽誰說，他拼股所分，肯定不止五萬，振華自己落了袋。父親就有氣了，對人說振華「大把錢」，儘管花好了。大概這些搬弄是非的話，傳來傳去，傳到曦珠那裏，他們不再來我家拜年，斷絕來往。直到我母親在醫院彌留，曦珠才匆匆趕來，在床邊叫了兩聲「媽」、「媽」；只是母親已不醒人事，閉着眼，汪着兩泡淚。守夜、出殯，曦珠都不來送我母最後一程。

母親去世前，我在沙田買了房子，父母帶着有鄰公公到我家，我在會所請他吃晚飯。後來我到蘇州公幹，順道回鄉。也不知是誰告訴有鄰公公的，公幹完後，我搭公車上午到達紹興，一下車，竟見到他站在車門前，說來接我，非常熱情地邀我到炎燊家作客。

炎燊的房子在紹興城裏，約一百平方米。聽說他在做生意，做甚麼生意，我沒興趣知。二十多年沒見炎燊，人到中年，他的樣子有點像有鄰公公了。娶了媳婦，生了兩個女兒，都在唸中學。他太太的形象、風格在城鄉之間，塌鼻樑，有點胖，我以為他會娶一個非常漂亮的女孩。炎燊請我

到酒店的中菜館吃午飯，東坡肉、醉蝦，小小的河蝦活活的浸在黃酒中，活活的吃，吃完我就活活的拉肚子。我不敢問有鄰公公或炎燊：妢淼呢？妢淼好嗎？

回到香港，我對父親說起這件事，奇怪有鄰公公會突然在早上到紹興的公車站接我。父親說，他到過我家，看到我住的屋苑，大堂雲石處處，金碧輝煌，會所比五星級酒店還要豪華，腦子心思就多了。

自從父親知道那幾隻碗很值錢，說起有鄰公公，語氣都不大好。我的四姐出嫁，剛巧有鄰公公在港探親，來喝喜酒。幾天後，父親遇到七斤公公，七斤公公說我四姐出嫁那天下午，有鄰公公叫他帶他去尖沙咀的古董店。有鄰公公拿出五隻用報紙包好的紅白色瓷碗，問老闆可賣多少錢。

「五十塊。」

每隻五十元，有鄰公公都賣。七斤公公說：「啊，那五隻碗，多漂亮！」

父親說：「我們對有鄰公公一家也不錯，他卻偷了我們家的碗，拿到香港賣。」

二十多年後，父親才把這件事說出來。

賣了五十元一隻，這個懵佬！我聽後臉都發青了，那些碗，今天可要十多萬一隻！那是我媽最珍愛的碗，五十年代後期，大陸糧食嚴重不足，很多人捱餓。幸虧我父親單身來到香港工作，每月把錢匯給母親，母親在村子裏的生活，由極貧窮變得日漸寬裕，買山買屋。有鄰公公和我媽年輕時唱

戲，有鄰婆婆又是我媽的金蘭姐妹，三人感情極好。母親來港，祖屋上鎖，鑰匙交給了有鄰公公代為保管。上了鎖的祖屋裏，有五隻貴重的碗，那是賈村的一個幾代為官、家道中落的女人賣給我母的。聽父親說，母親用五斗米買了那五隻碗。這五隻碗，大姐記得最清楚了：「那五隻碗真的好漂亮，白底，金金紅紅的繪了好看的花，碗面有一圈金邊，碗底也有一圈金邊，阿媽平日捨不得用，有貴客來，才用來招呼客人，用完就收起，也只用過幾次。」父親說，有鄰公公在香港賣了我母親的碗，他來香港探親，每次母親說想回鄉看看，有鄰公公都說：「回去作啥？去飼蚊蟲？給毒蚊咬一口就收畢哉。」總是嚇我母親，不想她回鄉。母親逝世後，我帶父親回鄉，在祖屋找到幾隻碗，碗底用硬物一點一點的刻了一個「贗」字，我以為是外公留下的遺物，帶了幾隻回港留念。父親死前，寒着臉說：「那不是我們家的碗，有鄰偷去我們的碗，拿五隻他家的飯碗去調換，他以為我不知道。『贗』是有鄰阿爸的名字。」有鄰公公很會拍馬屁，很會計算，千算萬算，算來算去，卻算不到朱淼開車撞死人，離了婚，還在坐牢，撞死的可是他妻子的哥哥。堂嬸說：「他們家敗落了。」

比曦珠遲了幾年才嫁到香港來的露露，我是農曆新年到堂叔家拜年時才見到她，印象不深。她和坤哥生了兩個兒子，和堂叔住在大埔的居屋。露露和坤哥都在親戚開的製衣廠裏工作，工資應該不高。但閒談時，大家都說露露很會投資，買股票賺了不少，又在屯門買了卓爾居一個六百多呎的

單位放租，用每月收租的錢供樓。露露來香港後，多福哥在紹興發了達，低價買了許多畝農地，開布廠、蓋房子。不知是誰説的，露露嫁給我的堂哥後，把堂哥攢下的錢，借了幾十萬給他的哥哥在紹興收購農地，多福哥就這樣富起來了。我母親死後，某年秋天，我帶父親回鄉，多福哥開車接我們去參觀他的廠房和房子，廠房很大，工人都在開動的機器中工作，別臉望望我們，地上鋪了一卷一卷的藍布。多福哥的家有二百平方米。在香港，我沒有一個親戚住這麼大的房子。

今天的多福哥真的不可同日而語。八十年代初回鄉，我們離開紹興時，親友一共送了九隻金華火腿給我們。這九隻火腿，全賴多福哥用扁擔挑着，幫我們從紹興挑到杭州。他笑着説：「不重，不重，都放上來。」九隻火腿就前前後後的吊在他肩上的扁擔，扁擔兩端都彎了。每走一步，多福哥的肩膊就傳來勒勒勒勒的聲音，好像是竹的聲音，好像是骨和肉顫抖的聲音。在杭州，多福哥穿着破了的褲子，用母親的話説，他「發之發之」跟着我們走進華僑飯店吃午飯。母親説：「阿福，帶你到這樣的地方見識見識。」多福哥謙虛地笑説：「啊，託叔叔、嬸嬸的福！這樣的地方，見都未見過！」但多福哥肯定累死了，一吃完飯，就坐在華僑飯店門外的樹下打瞌睡。和多福哥分別後，這九隻金華火腿，還有行李，我和父母、大姐都挑得非常辛苦。那年夏天天氣炎熱，差不多三十六度，上火車，下火車，排隊過關，我和父親、大姐滿身汗，拉牛似的一會拉一會挑的對付這九隻火腿，累得咕

嚕咕嚕的抱怨不停。終於，我和大姐發大火，說要扔掉那九隻火腿，父親不肯，說是鄉親的心意，我們就篤篤篤的罵他；他就把我們提着的火腿，都往自己的肩上放。

露露偶然回鄉探多福哥，回港後總會帶些醬鴨、燻魚、竹筍到我家，說要給爹爹嘗嘗。她和曦珠農曆年在我父親家聚會過兩三次。那時人真多，二十多人，滿堂吉慶，滿屋喧聲，紹興話滿場飛，尤其是玩「占眯波」的時候。我不知道「占眯波」是甚麼意思，那是紹興話的發音，不知怎麼個寫法。我二姐夫最喜歡玩了，其實是擲骰子，「占眯波」即擲出一二三，最小的點，包輸。茶几圍滿人，下注的在大湯碗裏一次擲三粒骰子，鬥大。二姐夫常常做莊，我們擲骰子時，他總愛盯着湯碗，唱歌似的大唱特唱：「占眯波！占眯波！」到他擲時，我們學他的腔調，也施咒似的大唱：「占眯波！占眯波！」所有人低着頭，金睛火眼盯着那三粒的的得得滾轉着的骰子，那三粒骰子渦漩浪捲，紅紅黑黑的把眾人都捲到裏面翻滾碰撞——小心啊，驚濤裂岸！——大家都想莊家擲個一二三輸到攤攤腰。一次露露做莊，她捲起衣袖，扮粗魯的一腳踏上沙發，大喝一聲：「大小通吃！」然後嘻嘻的把腳放下來，變回平日的露露，卻仍逕自笑個不停。「占眯波！占眯波！」曦珠真的擲出了一二三，滿屋即時「真是占眯波」的哈哈大笑，曦珠輸紅了臉。而露露，在「占眯波」、「占眯波」的咒語魔歌中，一擲，擲出了四五六！「大殺三方！」她大喊，開心地把我們下注的銀兩抓走，抓到曦珠的銀兩時，她笑着

說：「我贏了你！」

　　露露的娘命懸一線，是我父親救回來的，她提過幾次，我父親是他家的大恩人。她娘患肺癆，全靠我父寄去醫肺癆的新藥才救回一命。七十年代，故鄉很多人患肺癆，不少因此喪命。父親不時把偷偷省下儲起的錢，買藥寄回故鄉。我到現在還記得，唸高小時，父親囑我拿着一張紙條到藥房買藥，紙條上寫着：雷米方、雷米素。那時只知道要幫父親買藥，藥寄給家鄉甚麼人，一概不知。直到二〇〇三年，我母死後，我第一次帶父親回鄉，到了張村，在祖屋門外，七八個村民圍着父親，一個五六十歲的村民給他二百元，說二十多年前父親幫他在香港買藥，救了他一命，現在有機會把藥錢還給父親。我非常感動，原來那藥攸關生死，後來我叫父親把二百元退回給那位村民。月芬姨姨的丈夫，也是靠父親寄去的藥救回一命的。聽說還有不少鄉親因我父的藥而逃出鬼門關。我們在大慶村探訪舅婆，舅婆把三千元還給父親，說是二十年前建房子不夠錢問父親借的，父親堅持不要。

　　天地之大德曰生，上天給露露的媽媽生的機會，希望上天也給露露機會——她患了肺癌。

　　露露患這個病和堂叔的死有沒有關係？從父親和姐姐口中，我隱隱約約知道，堂叔和她關係不好。堂叔對我父說，露露曾經問他借三十萬，說要和大陸的朋友合伙做生意，堂叔不肯。堂叔說，露露老是往他的錢打主意。露露又同我父親講，堂叔煮海參，煮好海參自己一個人吃，連兩個孫子都

沒得吃。

父親勸堂叔：「露露或者只是問問，你不借，難道她會搶？她要帶兩個孩子，又要上班，阿坤又幫不上忙，真的好辛苦，她實能幹，實能幹。」

父親勸露露：「你知你家公有糖尿病，許多東西不能吃，他喜歡吃海參就讓他多吃；你要吃，自己也可以弄，他身體不好，你要多多孝順，心平氣和，家和萬事興。」

只是有一天，忽然傳來消息，堂叔早上在家中死了，露露外出，不知家公在床上斷了氣。堂叔有糖尿病，年紀大了，身體越來越差，連到樓下公園散步的力氣都沒有，整天窩在家裏。露露有了照顧不力的罪名。

堂叔死後，堂叔的六個兒女，幾乎都不與露露一家來往。堂叔火化後，一天下午，堂叔的大女兒突然到訪，露露和坤哥上班了，家中只有小兒子銘恩。晚上，露露下班回來，銘恩說：「姑姐下午在爺爺的房間裏，不知找些甚麼，走的時候提着兩大袋東西。」露露連忙撲進老爺的房間，一個一個抽屜拉出來看，五桶櫃的幾個抽屜都空了，銀行存摺、金飾、股票、現金，全部不翼而飛。露露氣上心頭，對坤哥大叫：「甚麼都拿去了！她當不當你是大哥！當不當我是大嫂！」坤哥望着露露，仍舊不做聲。

沒多久，我們就聽到露露患癌的消息。有一段時間，她回大陸醫病，又在香港的醫院排期，偶然打電話給我的二姐、三姐，請她們陪她複診。農曆年，她病情好一點，會來

我家拜年，戴着帽子，聽說做化療掉了很多頭髮，很多東西
不能吃。

去年農曆年，我在觀塘嫲嫲的家見到她，面色依舊蒼
白，仍然戴着帽子。三姐說她的癌指數上升了。大家都勸她
保重身體，不要想那些不開心的事。她就說：「我的病是給
他們激出來的！我氣不過了！我不去跟他們爭，我一句話都
不說！可他們連我們住的居屋都想搶去，硬說是我家公的錢
買的，那可是阿坤的錢買的，戶主也是阿坤的名。他們，甚
麼都拿去了！那大的一個姑娘最毒，知道我有病，竟然傳個
whatsapp給我，問我幾時死！」

我聽得有點驚訝，那大的一個姑娘，即是我的堂家姐，
我小時候最喜歡這個堂家姐了，長得漂亮，說話溫柔，怎麼
變得這樣惡毒？他們之間，究竟發生了甚麼事？

一天下午，廠長對露露說，工廠生意越來越差，阿坤，
留不住了。露露腦袋轟的一聲響，想到兩個兒子還在唸中
學，眼淚憋不住了。廠長見共事多年的露露眼淚汪汪，有點
不忍，就說：「我再想想辦法，我再想想辦法。」坤哥工作
能力不高，平日只能做些送貨的工作；廠長說，沒有辦法。
露露直接找大老闆，大家好歹是親戚，希望有彎轉，換來一
句：「若不是親戚，阿坤還能做到現在？你看他……」坤哥就
這樣，五十多歲提早退休，終日在家裏睡覺、打機，飯也不
燒，家務也不做，像他爸患了糖尿病，身體越來越差。

一次露露和坤哥搭巴士，坤哥腸胃不好，咕嚕咕嚕，

忍不住。巴士上的人都說，好臭！好臭！大人問小孩，是不是你瀨屎？小孩搖搖頭。未到目的地，露露連忙拉了坤哥下車，叫他在街市門外等着。露露跑進街市，隨便買了一條長褲，把坤哥拉到很少人經過的角落。

「除褲！」坤哥像小孩子，聽聽話話解開皮帶，把泥黃色的長褲脫下來。

臭氣更濃烈了，在夏日無風的空氣中游移不散。露露見阿坤白色的三角內褲已是一團暗黃，有些稀稀的屎已流到大腿內側。她蹲下來，拉下阿坤的內褲，見到一大泡屎，心裏「哎」的一聲，怎麼剛才不買一卷廁紙？褲袋裏只有一包Tempo。她全包紙巾拆開，不斷幫阿坤抹屎，手指都沾了不少。一邊抹，一邊看到那顫動的、軟耷耷的東西，不禁氣上心頭，「傻逼！」、「傻逼！」的罵着。望着手中抓着、地上一團團擦得黃臭的紙巾，想到兩個小的還未出身，還要湊小孩似的湊阿坤，苦是大把有得吃的了。眼淚再也憋不住，一大串一大串的滾下來。

一年後，工廠連露露都炒了。

露露是能幹的人，我聽聞她跟友人在大陸開過賣衣服的店子，又搞過紅酒生意。農曆年聚會，她患病後不喝紅酒，也要聞一聞，看看瓶子標示的酒精度數，總是說：14%或者14.5%的紅酒，多是好酒。

我想，露露對人應該是很好的，不然，她在國內的一個朋友，知道她每個月要二萬元藥費醫病，就不會對她說，給

我三十萬，當是拼股，每個月分二萬，這樣義氣幫她。

有一年，我父親還健在，在親友聚會的場合，七斤公公趁人少，對着我説：「你阿爸不知做了一件好事，還是做了一件陰騭事——一朵鮮花插在牛糞上！」然後長長地嘆了一口氣。我知道他説的是露露嫁給堂哥一事，因為我的堂哥，在別人眼中是個傻子——他本來是很好的，在法國當廚師，給同事作弄，晚上鎖上廚房門，關了所有燈光，播恐怖音樂，把堂哥嚇傻了。但人的路，不是自己可以選擇的麼？

大家都説，像露露這樣的身體，是不適宜參加喪禮的。我父親的守夜，有人説露露會來，但她見到堂叔的兒女，氣氛會怎樣呢？有人説她不會來，但會派小兒子來，在我父親的靈前鞠個躬。我等了一晚，不時望望靈堂門口，直到十點半，我們離去，都沒見到露露一家、一人；堂叔的兒女、女婿、媳婦、孫子、外孫，差不多都到了。

「爹爹！爹爹！」

但無論我對父親多麼不捨，有生必有死。四姐説，佛陀要死，耶穌都要死，人怎能不死？一間屋住到破了，換一間新屋。只是，我總是想完又想：小時候，我發燒，周身無力，父親抱着我到大馬路去看梁孟鴻，診所擠滿病人，等了很久都未能見醫生。父親不時摸摸我發燙的額頭，焦急地問了幾次護士，甚麼時候輪到我？然後他把我摟在懷裏，臉貼着我的臉，然後我就流淚了。我結婚要過大禮，父親領着我到上環的海味店買冬菇、海參、紅棗甚麼的。第二天，他下

班回來已經十點半，半夜還拿着剪刀剪紅紙，原來每一包過大禮的海味，他都要剪一個大大的「囍」，放進膠袋中。

「爸爸，不用剪啦，我們不注重這些繁文縟節。」

「要的，辦喜事嘛，喜氣洋洋，雙喜臨門。」

父親剪完一個「囍」又一個「囍」，凌晨兩點還在剪，都不知剪了多少個「囍」。我從不知他會剪紙，那些「囍」字剪得真漂亮。過大禮的時候，每一包海味都覆蓋着大大的「囍」字，那亮堂堂的紅，充滿生氣，透到膠袋外，音樂般繚繞，連外母都盛讚又靚又好意頭，我覺得好驕傲。

母親死後，父親搬到我家，常常一個人坐在平台的雲石上看遠處的青山。夜裏，我有時會鑽進他的被子，伴他睡一會。睡了一會，我掀開被子離去，他說：「再陪我多一會。」有時我會笑着說：「好忙呀，要工作。」有時又會鑽回他的被子，伴他再睡一會，輕拍着他的胸口。

他問：「阿蘭會不會不高興？」

「怎會不高興？」

「哪有這麼大的兒子肯陪父親睡的？多多錢都買不到！」然後他露出很安慰、很滿足的微笑，然後他合上了眼睛。

早上，父親沒有醒來。

棺木推到靈堂中央，瞻仰遺容的時候，只見覆蓋父親的壽被四周，圍滿了好看的銀箔，那不是我們平日摺成銀錠的樣子，而是正方形，向天的一面，像開了一朵花。這是那位

我不認識的老婦摺的,她送了我父親滿棺漫山遍野盛開的美麗銀花。

靈車駛離了寶福山,向火葬場進發。天色陰暗,下着微雨。只有我們三兄弟坐在靈車裏,哥哥坐在中間,抱着父親的遺照。下車後,我看見父親一個人遠遠地站在路口,好像在等甚麼人,仍穿着灰色的外衣、灰色的長褲,沒撐傘,淋着雨。我說:「爸爸!」他卻靜靜地踐着泥濘的路前行,我在後面跟着他。雨越下越大,我抹了抹臉上的水,聽到他在前面背着我說:我很累。我加快腳步,要上前扶他,可雙腳總被泥濘啜實,總是快不起來,只聽到雨中一把熟悉的聲音:不要跟着我。我哭了,嗚嗚嗚嗚哭得好大聲,不顧一切啪躂啪躂的拔腿小跑,快要追上他了。他忽然回過頭來,滿身寒氣,白髮凝滿銀露,眼珠異常白濁(好冷啊),定定地望着我,他的頭很大很大,大得虛空窈冥,讓我聽到一聲咆哮:各走各路!

然後他一言不發,隨着不斷轉動的滾輪滑入布幕後神秘的通道,穿雲越霧,走進熊熊烈火。

我愛你。

街市，魚蝦蟹，和我

　　天藍與海藍連在一起，海鷗三三兩兩低飛；下面，噠噠噠噠噠，紅綠燈的聲音催促提着大包小包的女人、中年人、白髮老人急步橫過馬路。瞬間，噠噠噠噠的聲音變成潮漲的漩渦，把人語車聲捲進街市的入口，音樂一樣在砍肉的巨大砧板之間迴盪，又輕輕落在門口的公正磅上。磅上銀色的盤子裏放了一張紙巾，映出微濕的水印。

　　街市的右邊是賣豬肉牛肉的攤子，左邊幾十檔，賣的都是海鮮。我是這裏的常客，有空就來，不是走路來，而是搭小巴，沿途看山看海，想些甚麼事情，抽身而出，已在魚腥海鹹之中。

　　前面很大聲，好像爭論些甚麼，這聲音對我有一點吸引力。果然，一個女人提着個紅膠袋，說裏面的響螺肉，少了最重要的部位，言下之意是破殼劏螺的過程，有人做了手腳。女人離開檔口打開膠袋檢視，或是回家細看，發覺有異，走回來退還。海鮮檔的女人不肯，說螺肉「就這麼多」，不肯退錢。圍觀的人多起來，我就離開了。這女人是第一次買響螺還是常常買？聽語氣，經驗豐富。我想，「響螺之爭」該是常見的。如不，小時候在華富邨海邊的釣魚台，賣響螺

的漁人，當眾用鐵鎚敲破響螺，把響螺肉放入膠袋前，就不會說「嗱，看清楚，就這麼多」。第一次買響螺的人總是說：「殼那麼大，肉那麼小！」雖說滋陰，響螺貴，我是從不買的。但響螺究竟有甚麼「最重要的部位」？

沒有看下去，因為明刀明槍不好看。我唸幼稚園時，活動範圍包括正街和水街街市。那些街市，地上總是濕漉漉、黑污污的，路中心的攤子舉着太陽傘，傘下的女人被青菜圍攏，與其他賣菜的女人爭吵時，會突然抓起一根黑色的水喉，開水射向對方。陽光下一條黑蛇的影子，銀亮的蛇信，星星點點在水中爆開的火花，金色的光點，猙獰的黝黑的臉孔，破碎模糊的咒罵；許多年後，忽然變成街市嘉年華的精彩節目，伴隨番茄、生菜、矮瓜、三星蟹、鯉魚、大白豬、黃油雞，在露天街市的斜路中跳舞巡遊，繁華熱鬧，直到東方既白，日落老街。潮退，一隻小蟹瞪着兩隻星光小眼，藏在一塊大石的陰影中，偶然爬出來活動，在我的意識中留下輕細的爪印。

我追蹤着那些爪印，穿過童年的大海，被香港逐漸遠去的帆影，引到這裏來。

街市的三星蟹、白蟹、紅蟹，五花大縛，躺在膠盆或金屬盆裏，水中的氣石，升起無數銀亮的小氣泡，氣石邊的蟹，被氣泡包圍，看不清楚。沙田街市，有些海鮮檔不讓人把手伸進水中挑蟹，盆邊插了挑蟹用的金屬鉗。我不喜歡冷冰冰的買賣，沒有人氣，沒有手感，沒有被蟹鉗住手指呱呱

大叫的刺激。我寧願坐小巴山長水遠來到這裏。以前不懂挑
蟹，請賣蟹的幫我挑，總是挑些又瘦又小、甩螯甩腳、蟹蓋
穿洞、已死或奄奄一息的「水蟹」給我，稍微用力一捏，幾
乎會把蟹捏扁。上當多了，不再信他們。他們不是你的父母
兄弟，怎會把好東西給你？他們抱定宗旨：壞的、快死的、
已死的、發臭的，快快賣給你。這是營商之道，人性本然；
換了自己，你不也這樣做嗎？所以我要學會挑蟹：上手有點
沉，胸又硬又厚實，稍微用手一捏，蟹腳強力掙扎，還要螯
腳齊全。快死的蟹會甩腳，而魚販總說是蟹打架打斷；打架
打斷腳的蟹，我也不喜歡。有膏的三星蟹，蟹蓋兩側會映出
黃暈。白蟹有些個頭很大，抓起一隻大白雌蟹，問「ＡＡ海鮮」
的老闆娘：「這蟹好不好？」她接上手看了看，說產卵後，這
隻蟹沒有甚麼肉，有點「泡」（空囊），勸我選小一點的雄蟹。
我不信，買了這隻大雌蟹回家，蒸熟，揭開蟹蓋，裏面果然
像掏空了的房子，肉很少，也不鮮甜。我其實喜歡幫襯「ＡＡ
海鮮」，老闆木訥，老闆娘親切，開價合理，不隨便減價，最
多減三四元，齊頭數。但有一段時間買魚給父親吃，東星、
西星、泰星、臘腸斑都買過，總是不大好吃。

　　「ＡＡ海鮮」斜對面的「ＢＢ海鮮」，偶然有不錯的芝麻
斑，好一些的要二十元一兩。有的剛運到，背鰭穿了線，吊
着一小粒方形發泡膠，讓魚浮近水面。問魚販理由，他說運
來時已是這樣，魚會精神些。我想起鯰魚效應。上網查，原
來有些酒樓也這樣用發泡膠粒吊魚，或曰避免貴價石斑在運

送過程中亂撞亂游，撞爛魚鰭；或曰這是「防魚反肚大法」，發泡膠粒有浮力，可使魚身保持垂直，瀕死的魚也不會反肚，賣相好些；或曰幫魚鰾受感染的魚平衡身體，不致餓死。有網民為此想投訴酒樓虐畜，説這樣做已觸犯《防止殘酷對待動物條例》，卻有網民揶揄：「這也算虐畜？殺雞殺豬殺牛，牠們就不痛嗎？」香港真是福地，這樣對待終必被宰的食用魚，竟有人為魚發聲。這也是銷售噱頭吧──顧客或會覺得這魚有點來頭，有點身份地位，而且活躍好動，一定新鮮。某網民説：「不如用水泡套住那些魚，不是更可愛？」我無法判斷這是童話故事的天真對白，還是極盡諷刺的殘酷之言。

「ＣＣ海鮮」我也常常幫襯。夏天，他們常有游水墨魚，大墨魚切成碎塊，買墨魚肉總要搭些鬚和頭。買過十次八次銀碟中拼命呼吸的魚，幾十元一條，味道一般，老闆總説是海魚。問老闆甚麼魚好吃，他説：「剛釣上來或者捉回來的，甚麼魚都好吃，養一天就差一些，再養一天又差一些，養得越久味道就越差。」和老闆偶然聊幾句，感覺親切，就常常幫襯。有一天下班來到，他正在收檔，一見到我就説本來留給自己吃的半邊海馬友，好正，益我。他把魚放在我面前，問價，十八元一兩。「那麼貴！」馬友鹹魚吃過幾次，海馬友未吃過，出於「學習」、「體驗」心理，就把半邊魚買回家。妻子説：「有點腥，不好味，為甚麼那麼貴？」

街市入口有一個公正磅，牆上貼着海報，印着投訴呃

秤的電話。很多人買了菜買了海鮮，總是放到公正磅上秤一秤。在這裏買海鮮，足秤者少。那天和妻子在「CC海鮮」買了一斤蝦，拿到公正磅一秤，少了二兩。我説，次次少一兩，這次少二兩，怎麼辦？要不要出聲？妻子説，要出聲。我們把蝦拿回去，老闆再秤，十四兩半，退還十多元。此後很長時間，我不再幫襯「CC」。還有三檔，因為多次不足秤，我越想越不甘心，回去交涉。一個年輕長髮女魚販，知道我「奄尖」，總容許我自己用網撈蝦，但每次例必呃一兩，有時一兩半甚至二兩。另一個專賣三文魚、鮫魚的伯伯，則例必少二兩。某天幫襯他買三片鮫魚，他搭些魚頭；離開攤檔不久，想到三片不夠，又折回去多買一片，他又搭魚頭。我笑着説，剛才買三片已搭了一些魚頭，多買一片還要搭魚頭？他笑説每一次是獨立計算的。終於有一次，又少二兩，我就折回去投訴不足秤。平日他用傳統的秤杆秤魚，我不懂看，他轉身找出一個磅，磅一磅，的確少了二兩。鄰檔的小伙子，想是他的親戚，幫他算了算，説退還十二元。專賣蝦蟹的「DD海鮮」，光頭的魚販，例必呃秤，還刻意讓網多漏些海水進膠袋。有一次我提着蝦走到豬肉檔後的坑渠，倒掉袋中的水，再拿到公正磅秤，輕了三兩，連同少一兩，等於四兩。一個星期後我又去買蝦，依然不足秤，忍不住出聲了。「不夠秤？」他把那袋蝦放到磅上，磅針還未完全停定，就一輪嘴：「一斤有多，多給你啦！我的磅沒問題，你要投訴，就投訴公正磅！」我剛才看見磅針在未到一斤的位

置輕晃，聽他這樣說，臉色一沉，把那袋蝦放回磅上，磅針停了，我說：「只得十五兩，還說一斤有多？」其他顧客望着他，他不爭了，在盆中抓了幾隻蝦，放到袋中。我在公正磅上再秤，多了半兩。

很久沒有幫襯「ＡＡ海鮮」。

很久沒有幫襯「ＢＢ海鮮」。

很久沒有幫襯「ＣＣ海鮮」。

很久沒有幫襯「ＤＤ海鮮」。

在街市的海鮮檔之間魂遊，這裏看看，那裏望望，只覺滿身水涼與冰冷。我感到內心空虛，沒有生活的滋味——平日與人為善，總提醒自己在職場，工作分配不公，做得多當吃補品，不要斤斤計較；為甚麼買海鮮就斤斤計較於一兩二兩，弄得自己不快？但公正磅後面的海報，不是大字宣傳「半斤有八兩，均真最理想」嗎？公正真難啊——你太執着了，隨隨便便遊戲人間不是很好？

多少個月沒有幫襯「ＣＣ海鮮」呢？那天和妻子經過，看到玻璃缸中的海中蝦不錯，買一斤。老闆看了我一眼，用網撈蝦，未夠，刻意用身子擋住我的視線，改為用手撈，把貼近盆邊，蝦身已變白、奄奄一息的蝦一大把抓進袋中——報復我。我看在眼裏，不作聲。把蝦拿到公正磅一秤，這回倒是足秤。一個星期後，我向他買了一條細鱗，絕對是野生海魚，沒有魚糧味，非常鮮甜。他說魚缸中大部分是香港海魚，三門仔的漁民，夜裏放成排魚絲，第二天早上收魚。

四斤重的細鱗，他開價一百元一斤，這是最便宜的一次了，但這麼大的魚，買了也吃不完。白鱲、黃腳鱲，八元，接着十元、十二元，見我十元都買，以後再無八元交易。買就買吧，我也是沒有辦法。打鱗、去鰓、剖腹後，拿着劏了的魚去公正磅秤一秤，有時輕三兩，有時輕四兩，最多的時候輕五兩。我想，那些魚真是肚滿腸肥。有一次，看見有人買一種偶然在海鮮酒樓見到，金黃色，非常漂亮的魚，就多口問老闆那是甚麼魚。

「三刀，魚中之王。」

「為甚麼叫魚中之王？」

「又香又滑，魚味最重，又多魚油，這種魚很難捉，很少見，一年都沒賣四五次。」

「哦，多少錢一兩？」

「三十，你要就二十五賣給你。」

「嘩！未買過那麼貴的魚。」

「貴？你去『BB海鮮』問問。他們賣五十五。」

去「BB海鮮」，問一問，果然開價五十五。回家後上網查三刀魚的資料，有網民說去西貢食海鮮，三刀要八十元一兩。有網民說假三刀很多，要小心。

第二天早上，匆匆趕去「CC」，還好，魚缸仍有四五條三刀。選了兩條十兩重的，一條一家人吃，一條孝敬外父外母。人一世物一世，試一次也不過分吧？

坐小巴回家時，去了鱗，沒了鰓，剖了腹的兩條三刀，

在膠袋中不時抖動，不是一般的抖動，而是強力抖動，極度痛苦，充滿生之慾望。我抓着袋口，越來越感動，越來越歉疚。我的心顫抖着說：對不起，我也是沒有辦法。我的父親九十歲了，時日無多，他有痛風症，很多東西不能吃，海鮮只能吃魚。我想他多吃點好魚，我答應你們，只此一次！

兩條三刀慢慢靜下來。

魚蒸熟了，冒着輕煙，使我的房子有了春天的溫暖。你的眼珠凸出了眼眶，變成粉白，身上美麗鮮亮的九條黃間，沾了醬油的顏色，成了失去光澤的暗褐條紋，尾鰭仍然漂亮，嫩黃中點點雪白，真的像梅花鹿。你是童話世界中美麗神奇的魚，為甚麼咬上了塵世誘惑凶險的魚鈎？

這是我吃過最美味的魚了，果然是魚味重、嫩滑、富油香。父親說，做了幾十年人，第一次吃這種魚。好味嗎？「好味！啥價錢！」

「一般。」平日十分節儉的妻子，這樣評說。

「幾好。太貴！」外母在電話中對妻子說，然後說我又受騙。

但我的報應來了，一頓飯還沒完，我的喉嚨就卡住一根魚骨。大口大口吞飯，大口大口喝水，大口大口吞麵包，把兩隻手指插進咽喉，產生反胃嘔吐反應，都沒有用。妻子仿效某電視廣告人物的做法，把一隻空碗放在我的頭頂，抓着一雙筷子不斷插向碗底，發出硬膠與瓷器相撞的低啞的閣閣、閣閣，就像玩具雄雞發出的叫聲，沒有生命，叫不起旭

日。兒子望着我微笑。女兒望着我微笑。妻子邊插邊嘻嘻笑。沒有用。我走進洗手間，大力咳，咳了許久，癢癢的魚骨卡住喉嚨的感覺仍在，再大力咳，連血都咳出來了。我望着銀亮的大鏡，雙眼咳得滿佈血絲和淚水。我紅着臉，望着鏡中人大聲說：「廉租屋出身的，不配吃這種貴價魚！」

「怎麼辦？明天要搭飛機去韓國。」妻子說。

帶着喉間的魚骨去旅行？簡直就是一句詩！

我和妻子跑到大圍，應診的診所都說沒有拔魚骨的儀器，只好搭的士去仁安醫院。醫生作了初步檢查，說可以做小手術，着我們在外面等候。不久，護士和我交代收費，手術室使用費多少、麻醉費多少、手術費多少、醫生費多少……，總共二千五百元。甚麼？拔一根魚骨要二千五百元？我和妻子猶豫起來。

「你們商量一會吧。」我們遲遲下不了決定，護士留下了這句話，離開了。

「二千五百，那麼貴！」

「三刀，好味吧，問你還敢不敢再吃名牌！」妻子笑說。

商量了十多二十分鐘，終於下了決定：我不要帶着喉間的魚骨去旅行！

從韓國回到香港，幾天後，我又來到街市。我也不知道為甚麼這樣喜歡逛街市，尤其愛上了在海鮮檔之間流連。

很多魚死了。

很多蝦死了。

魚缸中悠然自在的魚，不知將到末日，終必一死。

我看見一把刀、兩把刀、三把刀⋯⋯九把刀。

一盞一盞飛碟紅燈在魚檔的半空吊着，照亮滿鋪方形金屬大盆的碎冰，冰上整整齊齊躺着睡了覺的魚。睡了多久？仍然新鮮嗎？仍然美味嗎？哦，那麼多白雪公主。一個小紅膠桶吊在盆下，承接一滴一滴漏下來的水。冰床滴漏，這一個桶那一個桶，整個街市充滿了時間的聲音，滴滴，嗒嗒，冰冰冷的時間，此呼彼應，盪開了許多同心圓。

「ＥＥ海鮮」長年都有成排沙鑽，四元半、五元一兩。紅衫魚便宜些，三元，一二魚鰓翻起了，一定是給人揭開。檔主說，看魚鰓沒有用，有人用田雞血塗染魚鰓，看上去也很紅。就像飼養的黃花，很多浸過黃水，黃得油亮，都是假的。魯迅筆下的狂人說：「凡事總須研究，才會明白。」街市是我做研究的地方。怎樣選魚？魚眼要晶瑩，顏色要鮮亮，魚身硬直，魚肉結實。「這一條好嗎？」「好，直板。」有一段時間，我常常幫襯「ＥＥ」買沙鑽、馬頭。沙鑽煎吃，魚味佳；冬菜蒸馬頭，鮮甜。但買過幾次不夠新鮮的魚，不再幫襯他了。

我不喜歡吃養魚，不喜歡吃淡水魚，堅持吃海魚，最好是香港水域的。石斑貴，野生和海中圈養的，不易分辨，即使野生，從外地運來香港，坐船太久，多不好吃。我把目光轉向平價的野生小魚：獅子仔、鱲魚。獅子仔用麵豉醬蒸，鮮甜嫩滑。鱲魚魚味重，魚油豐富，煎吃香濃；但不是極新

鮮的鱗魚，有點腥。那天買了一碟鱗魚，十條，才二十五元。妻子說，吃了幾次煎鱗魚，試試薑蔥蒸，結果是：好好味。她忽然說：「其實和三刀的味道差不多，但三刀二十五元一兩，鱗魚二十五元一碟。」我說：「唔，有七八分似；但三刀非常美麗，可以當藝術品欣賞，身上的黃間、魚鰭、魚尾，簡直像優質和田黃玉，鱗魚怎能相比？放心，我不會再買三刀了，這種魚應該好好欣賞。」但便宜如鱗魚，也有人覺得貴。一個男人問：「二十塊，行嗎？」二十五元一碟的鱗魚，檔主說已經「好平」，不要講價；那人還問了幾次，檔主不耐煩：「吃不起就不要吃！」

每年農曆新年，逛街市總學到大量知識。有些檔主會在年二十左右，大量買入貴價的大花竹蝦，養在並不當眼的缸中，逐日出貨加價，從二百八十，加到年三十晚七百元一斤。用七百元豪氣地買了生猛大花竹蝦吃團年飯的人，以為會吃到好蝦，但在缸中養了十天八天，蝦味大打折扣。過年前三、四天，檔主基本不入新貨，年初一打後幾天都不開檔，所以越到年三十，海鮮價錢越貴，卻越不新鮮。就說今年吧，我年廿八年廿九年三十，天天搭小巴到街市「上課」，這幾天的海鮮，真的買不下手。年三十，海中蝦又瘦又小，全部變白側躺，只有小部分隨氧氣水波的震動，無力地搖着手腳。農曆年，不是要「生生猛猛」，討個好意頭嗎？這樣死氣沉沉的蝦，竟要價三百六十。平日賣六十、七十、八十元一條，顏色發黑的生猛養斑，檔主竟如此標價：「劏：160；

不劏：130」。劏一條魚，十五秒，斬人三十元！興高采烈
的魚販見我只是疑惑地看，他的眼神：阿叔，一年斬你一次
啫，我們都要發新年財，這也看不過眼？看看這世界吧！

　　見多識廣，過年前幾天，我不會到街市買海鮮。大約是
年廿二至年廿四的某一天，我會一口氣買十斤海中蝦。這時
的海中蝦，大約一百六十至二百二十元一斤。有時一檔不足
數，就再到另一檔買。兩年前，在「ＤＤ海鮮」買了幾斤蝦，
再到「ＦＦ海鮮」問價，一開聲就給賣蝦的老伯罵：「你來問
價，有甚麼好問？你已經買了！」他盯着我手中一大袋蝦，我
感到無辜，輕聲説：「我還要多買幾斤。」説完，只覺無癮，
走開了。去年，我又去「ＦＦ」問價，蝦分三種，高魚缸裏的
蝦最新鮮，紅亮透明，蝦頭有燭光紅暈，沒標價；低魚缸裏
的蝦已有一些發白，沒標價；發泡膠箱中的蝦，一半生一半
快死/已死，標價二百。我問高魚缸的蝦多少錢一斤，又是
那個老伯，大大聲説：「四百！」顯然是亂開價，因為其他海
鮮檔最多賣二百五，但不夠他的好。在街市繞了兩個圈，又
蕩到「ＦＦ」。這回是個年輕女人在賣蝦，問價，她轉臉問正
在劏魚的中年人（看來是哥哥），遠遠答一句：「二百五。」那
老伯（看來是父親）在不遠處望過來，我以為他會糾正説，不
是二百五，是四百！誰知他望了一眼，不做聲，我連忙説買
十斤，一斤一袋。兩袋給外父外母，兩袋給大姊，兩袋給二
姊，把生猛海中蝦放在冰格待過年時吃，茄汁煎或白灼，都
非常鮮甜。就這樣，缸中的蝦，進入網中，滑入膠袋，嗞嗞

噠噠，跳動不已，真是好蝦！而今年，啊今年，「十斤！」我
變成大豪客，潮水不斷上漲，大量魚蝦蟹湧到心裏，隨水漲
至滿溢，滅頂，使我充滿了物慾甚至情慾的激情——從童年
到現在，大海，魚蝦蟹，我的情人！我要記着那個女魚販，
完全不理其他圍攏要買蝦買魚的人，亢奮地為我撈蝦秤蝦。
她每入一袋蝦，我就在旁邊不斷說：「好多水！好多水！倒
水！倒水！」她就不斷說：「這也算多水？這也算多水？」她
折曲袋口，作勢把袋口邊的幾滴水倒掉，更多的水卻留在膠
袋下面，被摺痕擋住，出不來。假動作，騙不了我，我看出
你呃秤的伎倆；你們也要生活，我明白。她的眼神：換了是
你，你不呃秤？只有教科書才會教人誠實，今時今日，老實
即是蠢，傻仔！第十袋，大盆裏只剩發白的半死蝦，她不用
網撈了，悍然用戴着膠手套的雙手撈蝦，水從膠手套、從長
長的蝦鬚間嘩嘩嘩嘩下瀉，她終於使出大量注水入膠袋的殺
手鐧！「好多水！好多水！」我仍然唱歌似的說；她不作聲，
最後一袋，最後反擊——多送些海水給我過新年！她不知
道，我全看出來，我看得出！我的戲演完了，激情，亢奮，
近乎歇斯底里，兩旁的觀眾一定看得非常過癮。看她那麼努
力投入演對手戲，形神合一，和我如此合拍，我實在感激流
涕，心裏非常滿足——做了那麼多研究和實驗，我的體驗更
深了，大有斬獲！

　　這是剛死的，顏色仍頗鮮亮。這是死了很久的，顏色暗
淡發白。有些剛死的魚，眼睛明明亮，魚鱗仍閃着寶石的亮

光。是的，寶石。我把所有海鮮想像為和田玉、翡翠、紫水晶、紅寶石、綠寶石、藍鑽、黃鑽、粉紅鑽。一條在魚缸中撈起，狀態極佳的野生細鱗，魚鱗冰晶閃閃的紫彩，令人怦然心動。我喜歡那些天然的，從內在散發出來的生命亮色。怪不得寶石都講彩度，那是靈魂、生命力的彩度。我們熱愛生命，因此熱愛散發生命亮色的生物／無生物，這就是我對生命、對玉石、對藝術、對武術的追求：fancy vivid（純鮮彩）！

明天就是新年了，聰明的猴子將為報曉的金雞加冕，把一串有枝有葉的桔冠戴到金雞的頭上，讓牠昂然喚起九個太陽。街市入口，三個紅燈籠一串一串高懸，彷彿冰糖葫蘆，這種北方食物，開始在香港的年宵市場流行，年輕人總愛拿着竹籤，一口一口咬着。但我為甚麼不去行花市，而去行街市呢？行完一日又一日？我知道的，因為街市是我熱愛的學校、遊樂場、研究所、藝術學院。像貓追蹤魚腥，年三十晚，我在街市盡頭尋到了一個魚群大戲台。點點紅燈低垂，映照灘灘水影。白色的台板上，許多人工飼養的黃立倉，標價二十元一條，鮮蹦活跳，被推到沒有水的戲台前，不停用頭用尾拍擊台板，咚咚咚咚，賀年的鼓聲，啪咚啪咚，充滿節拍的音樂。台前圍觀的芸芸眾生，手一指，一個飽歷風霜、脂粉不施的老旦，就把一條黃立倉扔給站在砧板後的花旦。台上一分鐘，台下十年功。做手極為嫻熟的她一把抓起魚，舉起刀背，這時所有台板上的黃立倉充滿激情的彈起落下又彈起，大力用魚頭敲台板，奮力用魚尾拍台板，咚咚咚

咚啪咚啪咚咚咚咚咚(聞擊柝，鼓三更，只見江楓漁火照住個愁人)，氣氛逼切動人的鼓聲突然停頓(幾度呀徘徊思往事)，刀背倏地劈向砧板上的魚頭(羅綺還多惜玉人)，咚的一聲，魚眼激凸，凸出眼眶(做乜你偏把多情向住小生)，拆鰓剖腹，撕肝扯腸(你細問我曲中何故事)，入袋，不用五秒(死生難捨　難捨佢嘅意中人)，好功架！這時，所有台板上的魚都靜下來，眼睛深黑，清瑩如鏡，遠望樓台，若有所照(人影近　都莫非相逢呢一位　係……)。

　　我連忙轉身，彷彿做了甚麼虧心事，縮頭縮頸走向賣淡水魚的攤檔。又是那個男人，前天看見他左手按着一條左扭右扭、精力旺盛、不肯就範的生魚，右手抓起一根盈尺長的圓鋼條，從魚口插進魚腹，直抵魚尾；冥頑不靈、不知天高地厚的生魚就無法扭動了。我望着這從未見過的金剛棒，雙眼發光，真想跳進去，奪去這新奇的玩具，做一回齊天大聖孫悟空；而他已舉起釘齒密集的狼牙棒，開始在生魚的身上擦擦擦擦打鱗了。今天，他要對付的，是已經斷開了的白鱔。

　　昨天經過對面的魚檔，也看見兩條斷開了的白鱔。兩半下身躺在銀盆裏，動也不動；兩半上身卻不停鑽動，流線形的鱔頭濕灰灰的滑過已分不清是誰的下半身，搞擾着，不讓自己的另一半沉沉睡去。其中一條，不時拗曲身體，鱔頭極力扭向帶血的斷處，卻總差兩厘米才觸到、舔到自己的傷口。牠堅持又絕望，憐憫又痛惜，只差一點點，望着，疑惑着，頭和傷口顫動，好像覺得冷，一洩氣，牠又向前纏扭

盲鑽，撞向硬梆梆的金屬盆子，撞向軟綿綿的下半身。會議室的空調吹着微冷的風。剛升了副主管的年輕人，開會時坐在可以旋轉的椅子上，對着資深的同事，把雙手攔在後腦，蹺着腿旋着椅子。我終於親眼看到少年得志、目中無人的嘴臉。他的椅子轉了一圈，油壓椅不動聲息沉降。幾年後，我在另一個會議上，看見一把刀舉在半空。我掙扎着，不公正的落點，我掙扎着。他把雙手攔在後腦，蹺着腿旋着椅子，一臉得色。主管問：你有甚麼意見？一把刀落在他的身上。盆子裏這一處那一處染上了白鱔的鮮血，如此濃稠，可以寫血書，可以貼大字報。

而今天，年三十晚，新舊交接，一年將盡，另外兩條斷開了的白鱔又落入我的眼中。兩對夫婦站在魚檔前，都挑仍在扭動的上半身。魚販抓起一截白鱔，輕輕在脖子上一斫，就有一痕清晰的傷口。然後，他把白鱔放進膠袋，轉身到洗滌間，開喉，注入熱水，搖兩搖，倒掉熱水，把白鱔放回旋着圈圈深褐年輪的巨大砧板上。白鱔的身體，顏色變了，微微泛起粉滑的灰白，冒着輕煙。斷腰的傷口，脖子的傷口，帶血的晶瑩變成微白，散發若有若無的熱氣。牠緩緩轉動着鱔頭，目光迷離而奇怪，好像舒服地洗完熱水澡，非常享受，又好像全身赤痛，卻發不出聲音。

我們好像在甚麼地方見過。

海底，你忘了？

忘了，腦退化。

兩個二十年。

兩個二十年？1997，1977？

我躲在水底的車胎中，你潛水，一轉身，看到我，嚇得掉頭拼命游，慌失失。

我還以為遇到有毒的海蛇。

我還以為有人來捉我，你知道……。

終於都被人捉住？

餌，沒辦法，總得吃。你們太有辦法。

……善於鑽營……痛不痛？有人說魚沒有痛感。

給你一刀試試。

對不起，是我無知。

斤斤計較，一兩二兩。

你看在眼裏？很好笑吧？以前不是這樣的……

人人向錢看，道德淪亡。

公正磅，真麻煩……

錙銖必較！看看我，這樣受刑，傷口……

為甚麼我總覺得自己受騙？

真實的，非常真實。活着，死，你都看到。

香港明天更好，可以駁回的，我和你……頭和尾……

天真的小子……看看你頭上。

我們的頭上，明明亮的燈，一大片一大片光明。

魚販拿着小刀刮着白鱔身上的「潺」。

「切嗎？」

「切。」

魚販熟練地旋切着鱔頭，把頭骨去掉，只餘頭皮連着身軀在剖腹的動作中甩動，我再看不見那迷離欲語的眼睛了。他一片一片切着，我清楚聽到骨肉分離的輕輕細細的聲音。

後來我在街市的廁所，看見那個魚販在洗手。那雙手很大，手掌都變白了，沒有一點血色，就像被熱水燙過的白鱔，冒着輕煙和水花。我微微吃了一驚：生活啊！

一個中年男人走到他的身邊，投訴他們的攤檔又腥又臭。他笑着說要劏魚，內臟很多，總是有味，不好意思。

洗完手，魚販走出廁所，用雙掌抹了抹臉。收工，離開街市，走向燈光燦爛的夜，時間漲退渦漩，夜與日天衣無縫，今宵有酒：團年飯，花市，新年。

龍蛇並雕，有鳳來儀

1

　　眼前是一枚無字印章，梯形，上面雕了一條螭，盤繞着弧形的身體，長尾與分張的左臂相連，整體成了圓形。螭頭被迴捲的尾端托着，微微上仰，右臂擱在腰間。這是我多年前初玩古玉購買的印章，大概是第二件藏品。還記得我在兩個印章之間猶豫不決，另一個也是雕了一條螭，黑漆漆，章底有字。那時我看過的古玉不夠二十件，不懂分真假，也不懂欣賞。兩個印章的價錢一樣，我的心十五十六。當我拿起一塊扁扁的玉佩和無字印章比對着看時，身邊姓甄的顧客說：「當然是高浮雕好！」甚麼是高浮雕？為甚麼高浮雕好？他又不說了。老闆說，無字的印章，沁了紫色的壽衣沁，比較罕有。老闆娘說，但有字的矜貴些。想了一會，正要「卜搥」買有字的那一個，一把尖利卻溫婉的聲音響起：「如果係我，我會買無字的那一個。」為甚麼？「梯形的印章少有。」但沒有字喎。「沒有字有甚麼關係？水銀沁的古玉很多，壽衣沁就很少。梯形的印章更少，而且是宋朝的，宋朝的古玉也少。」他專家一樣的口脗，改變了我的選擇。那是個中年人，

身型健碩，說話的腔調有點像我的一位女性友人，老闆娘叫他阿簡。老闆聽到我最終選了壽衣沁印章，忽然鬆了一口氣，胸口微微升高，又落下。

回家後整晚盯着印章，反覆審視，想起老闆鬆了一口氣的樣子，不禁懷疑自己食了「藥」；怪不得甄先生在我付款前，指指螭的屁股說：「不過壽衣沁鮮豔了些。」難道他已經提醒我？我甚至懷疑阿簡和佘先生扯貓尾。阿簡後來說，佘太太收起了水銀沁印章不賣了，說無字的都賣到那個價。我感到有點失落，覺得自己選錯了。只是和阿簡接觸多了，深覺這真是個大好人，是人世間已經越來越少有的那種大好人。

考眼光，碰運氣，和玉友比藏品，有點刺激，自此我就沉迷古玉了，差不多每個星期都跑到摩囉街的古董店，還不斷上網、買參考書，力求多知、多看，免得做水魚。我最喜歡看的是龍，第一塊買的玉牌，雕工雖簡單，卻是條龍，粗大明，是明代的玉牌。傳說中，螭是龍之子，無角。新購的印章，螭頭無角，有點像貓頭，雕工不錯。我捏着印章放到眼前，用放大鏡細看，只見盤捲的螭身中空凹處，像初綻的花朵，花蕊藏有細絲、毛髮——千百年來在黑暗中一絲一點吸吮死者的血肉，連毛髮都不放過，從深處吐放淡淡的屍臭，好像我就是盜墓者，打開了九百年前的墳墓，財迷心竅發了狠在屍骨間摸找摔扔，把無用的骨頭破布爛木扔到一旁，汗流浹背，滿手屍氣。

第二天，菲傭帶點憂心的語氣，說下午收到電話，大兒

子在菲律賓車禍受了傷，大腿要做手術，問我借糧。我連忙給了她幾千元。

三天後，妻子收到電話，她的伯父病重彌留；我們匆匆趕到醫院，伯爺已經斷了氣，遺體靜靜地躺在病床上。妻子倒很平靜，撫着伯爺短短的頭髮，和他輕聲說話。

兩天後，我收到三姐的電話，說大姐夫進了醫院，好像是大腸穿了，糞便都流到腹腔，已不省人事，十分危險。我和妻子匆匆趕到醫院，大姐夫正在做手術。外甥在走廊紅着臉，用拳頭擂着醫院的牆壁——沒辦法，只得簽紙，他怕這一次由他簽名，萬一手術失敗，自己一手把父親送進鬼門關。「好大壓力呀！」他嗚嗚哭起來。

回到家裏，我對妻子說：「越來越近！大吉利是！會不會是那個……印……章？好邪！」

「都叫你不要玩這些東西！給死人陪葬的！你帶了一隻鬼回家！」

怎麼辦？貓頭龍那麼兇惡？現在的人龍螭不分，我和妻兒談到這個印章，都叫「貓頭龍」。

「下一個，你老婆？你兒子？你女兒？……」

我聽到一把陰冷的聲音，心裏發毛，感到牆角有一雙眼睛盯着我。佘太太說，這個印章，他們用一塊白玉，和一個行家交換的，還補了些錢。印章到了他們的店舖，他們就遇到甚麼凶兆禍事？莫非佘先生那鬆了一口氣的樣子，是終於賣出了這個邪門的印章？轉念間我又感到絲絲喜悅：那是真

品囉，入過土，陪過葬，宋朝的印章！可我又擔心冥冥中有一股魔力移近我的家。「下一個，你老婆……」我用紙巾包起了貓頭龍，放在小膠袋裏，藏在盛過工藝品的盒中，再不敢拿出來玩。心裏唸着：有怪莫怪，我只是想認識中華文化……。

大姐夫手術成功，我到醫院探他，身上不帶一塊玉。他臉孔、手腳有點腫，但總算度過危險期，遲些應該可以出院。

菲傭的兒子出了院，大姐夫出了院。幾個月後，家裏平平靜靜，再沒有讓人不安的事情發生。我安安樂樂上班下班，偶然泡一杯好茶，又拿出放大鏡細意欣賞藏玉。某天，我在街道上提着公事包蕩來蕩去，陽光猛烈，使我心跳加速，有點口乾舌燥。正想喝點甚麼冰涼的飲品，蕩過棺材店，一間店舖忽然停在我的腳前，正眼一看，原來是佘先生的古董店，還開了門。我下意識跨進門，坐在圓凳上。原來是星期三，佘先生佘太太剛從大陸回來，入了新貨。幾個愛古玉成癖的人，或坐或站，餓鬼搶甚麼似的，不斷向着玻璃櫃上一大盤古玉伸出貪婪的手。我覺得我今天時來運到，忙不迭伸出手，一抓，就抓起了一塊又紅又黃的古玉。這是甚麼？

「鳥，西周的，很少有。賣了二十年古玉，只收過幾件。」

「典型的西周工。」認識不久的玉友山姆說。

多少錢？佘先生按了按計數機，遞到我的面前，八千！

我伸了伸舌頭。他又按了按計數機，遞到我的面前説：「剛才我開甄生這個價。」計數機顯示10000。佘先生賣古玉，很少開口價；不同人開不同價，他不喜歡你，隨時開高幾千。麻煩的、嫌三嫌四的客人，他開超高價，説難聽話，黑口黑面，逼你不再踏進他的店舖。玉友説，現在已沒有多少賣真品的古玉店，他有門路，能弄到真品，價錢合理，只好忍他。

回到家裏，我喜孜孜對妻子説買到好東西——西周的雀仔。她問我多少錢，瞄了瞄，笑了笑：「八千，買塊樹皮。」我也笑了笑，心想，不識寶的無知婦人。

玉鳥為片雕，滿身磚紅，鈎尖喙，圓眼，腦後有上捲的羽冠。肩膀是渦紋，四條後延、弧形向上的線是鳥的長翅。鳥尾弧形下垂，分張，像站立的魚尾。胸前和腹下有爪，腹下的爪刻了七根斜線。鳥的正面，有一根斜直、乾硬的黑色附着物，背面一大片薄薄的黃物，像塗了黃薑粉。全塊玉佩極乾燥，看一眼都會聽到裂裂勒勒的聲音。我用尺子量了量，又用電子磅秤了秤，長5.9cm，高3.2cm，厚0.2cm，重12.8克。這鳥一點玉感都沒有，真的像一塊樹皮。網上有人提到火燒玉、油炸玉、微波爐玉，要仿做出土古玉乾縐的方法很多。這玉鳥一點都不美，更不知道是不是真品，為甚麼我會毫不猶豫的買回家？我把玉鳥移近鼻子，有隱隱的屍臭。但網上有人説，有屍臭氣味的古玉也不一定是真品。因為造假的人，向盜墓者購入西周、戰國墓中挖出來的一袋袋屍泥；用屍泥封存幾個星期，假玉都有濃烈的屍臭。氣味辨

偽法，作不得準。佘先生教我們玩古玉，老是重複四字真言：質、色、工、時。質，這鳥全無玉感，已經質變，不及格；色，紅色是好的，但又有黃色粉末又有黑色附着物，要扣不少分；工，只是陰刻線，難度不高，有兩處初刻時落點不對，重刻後留下初刻線痕，顯然不是良匠為之，工，普普通通；時，西周，高古啊，擊中我崇古心理的要害，只有這一點得分較高。但如果這是上星期才作偽完工，新鮮出爐的贋品呢？死得囉！唉，莫非又做了水魚？玩古玉，要交多少學費啊！

凡事總須研究，才會明白。這是狂人教我的。

用刀片小心翼翼刮下黑色的附着物，又刮下黃色粉末，用小膠袋盛載，或可留待日後化驗，知道是甚麼成分。洗淨玉鳥，放到冷水中浸幾天。玉鳥沒有那麼乾燥欲裂，但還是很乾。我不斷用拇指盤玩，熱力好像透不進玉體，盤了多個星期都不見包漿。這玉好像被一層古怪的膜封住了。我用消毒火酒擦拭，那古怪的膜不但擦不掉，還更顯黏稠，像黑紅的膠漿。心一橫，臨睡前把玉鳥放進熱水裏，反正玩玉的人說用熱水或熱茶泡玉，可令古玉吐灰，不斷吐灰能令灰頭土臉的古玉灰復玉質。當然我也擔心熱水會把玉鳥燙熟燙死——格勒一聲，乾得像樹皮的玉鳥應聲裂開。然而，沒有。它靜靜地躺在熱水碗裏，身體紅黑如瘀血，輕煙裊裊，空氣中頓時帶點腥氣。第二天早上，我走進廚房，看見碗中的玉鳥，身上凝着兩個小小的氣泡，碗底有兩三點黑色粉末。我

把左手穿進繩子，右手抓鳥。水涼了，我用兩指輕捏鳥身，卻發覺玉鳥變得有點滑溚溚，身體好像分沁出黏液，把我的兩指漿住，眼圈和羽翼的刻紋，竟然吐灰，變成灰色的線線點點。拇指和食指在鳥身間開開合合。是的，就是這種感覺，滑溚溚，黏答答，好像有甚麼吸吮着我的手指，越來越強烈，如飢似渴，我吃了一驚。

自從用熱水燙過，我感覺玉鳥活起來，盤玩時指間有了柔滑的感覺，鳥身逐漸生出包漿的微光，令我愛不釋手，總是經常脫下項鏈盤玩。昂然的羽冠、翩然的長尾，這鳥，自非凡品，我認定是鳳。周人崇鳳，《説文》云：「鳳，神鳥也。」從此，我不再叫它鳥或雀仔，而稱之為神鳥。妻子也跟我一樣，稱它神鳥。夜裏在書房，把貓頭龍和神鳥放在白毛巾上，細細欣賞。哦，貓頭龍，我已經把它放了出來，不再怕它了。我覺得西周的神鳥，比宋代的貓頭龍埋在墓穴中更久，根一樣吸收大地精華，道行深得多，鎮壓着貓頭龍的邪氣魔性，保護我們一家子。

許多個夜晚，我合上左眼，右眼貼着放大鏡的圓孔，開了鏡燈，仔細研究玉鳥的刻紋。那些線條不像是用鉈具碾琢，而像是用尖銳、硬度高的石椎手刻。玉鳥的腳，邊位在放大鏡下，可看見拉絲的垂直線痕。某夜，用電筒貼着神鳥一照，神鳥竟然透光，貼着光源的鳥翼金光燦燦，渦紋清晰，光暈外是半透明的橙紅暗光，雜了還不大透光的些微暗點，再外圍，是光線沒有到達的「樹皮」原色。我把燈關掉，

黑暗瞬間包圍神鳥。我不斷移動電筒照射的位置，神鳥的身體這一處那一處透出月亮的光芒，神秘詭異，太美了！我在黑暗中癡癡地神遊於玉理間的金光紅暈。

「言念君子，溫其如玉。」一把幽幽的、陌生的聲音，恍恍惚惚，若有若無。

「誰？」

「我找了你二千七百年了。」

稍一定神，才發覺這些聲音都在我的心中升起。這時，我聽到輕輕細細的、潺潺的水聲，還有模糊的笑聲人語。黑暗隨即散成中空的圓鏡，我看到有人伸出手指，逗弄另一個人繫在腰帶間的黃玉鳳鳥。一陣顫抖的嘻笑。然後，我看到長長的衣袍從甚麼人的身上脫下，落到地板上，一雙雪白的腿跨進室內的池水裏。水聲潺潺，輕煙如霧。霧中，一隻鳥晃晃盪盪，翩然欲飛。

「還不睡？」書房的門忽然推開，大廳的燈光湧進來，照亮了妻子的臉。

「你看，神鳥會透光，好美！」我興奮地笑着說。

「你不陪我睡？」

「我不累。」

「你被神鳥迷住了。」失望的臉退出了書房。

「神鳥的醋你都呷？」我笑着說，身子不動，仍坐在油壓椅上。

多年沒有去佘先生的古玉店，他賣玉，價錢越來越貴，卻越來越少似樣的貨色。最後幾次去，只能看，下不了手；佘先生臉有慍色。阿簡心癮大，還是要去；偶然見到他，給我看新買的古玉，我看得好平靜。他傳話：「佘生説，王生眼角好高。」意思是我看不上他的貨。是的，還受不了他兩公婆的臉色、待客之道。我後來迷上了到大陸的博物館看古玉，門票全免，只須憑回鄉證領票，除非博物館本身是遺址。清風朗月不用一錢買，中華美玉，一回入館一回看。

北京國家博物館藏的「中華第一龍」，是國寶中的國寶，紅山文化一絕。內蒙古三星他拉村出土的C形龍，為墨綠色碧玉，高26厘米。那是我見過最美的玉龍，簡古、質樸、大氣。巫玉時代，開片、切割、鑽孔、打磨，工具落後，治玉極為艱難，但巫玉精美者不少，神韻兼備，因為琢玉的人懷着事神的虔敬之心。這玉龍的水滴眼，神秘而威嚴，十分耐看。微微噘起的吻，長鬣的鉤尖，迴捲的尾端，三個姿態不同的「尖」，互有呼應。五千五百年前的人，對美已有這樣的敏感。龍鬣末端琢得闊大，誇張上翹，有學者因而説這是馬鬃，更認為龍首是馬首；我則認為那是野豬鬃，龍首是豬首。只要換個角度，會看到龍的鼻端有兩個豬鼻孔。那時候的人崇拜野豬，視為神。浙江省博物館藏七千年前河姆渡文化黑陶鉢上手刻的野豬，背上有一行清晰的豬鬃。雲南省

博物館藏的漢代青銅器「二豹噬豬銅扣飾」，野豬背上的一行鬃毛看得很清楚。六朝出土的小玉豬，仍見到背上有一行豬鬃。西安市北郊秦祭祀坑出土的片雕玉豬，由戰國大玉璧的一端改製而成，玉璧原有的內圓手刻弧線，其上的豬首、豬鬃形態，尤肖紅山文化的「中華第一龍」。我在網上看過一段影片，片中，一隻老虎靜靜地半隱身於池水邊，一隻野豬要喝水，懵懵懂懂的低頭走近。老虎悍然撲出，野豬大吃一驚，纏鬥間，老虎一轉身，左爪從後抓抱着野豬，運勁下壓，張口緊咬着豬頸。野豬死命頂高身體、甩動脖子，二獸纏扭繞圈，泥煙滾滾間，傳來一聲聲野豬命懸一線、驚恐、憤怒、痛楚的胡胡狂嘷。煙塵漸漸散開，鏡頭一轉，模糊，清晰——老虎扳倒了野豬，邊噬咬豬頸邊用利齒拔鬃毛，偶然傳來一聲低沉、無力的嗚嗚——我已經盡了力，為了生，拼死一戰，精……疲……力……竭，只好讓牠了。這隻野豬的一行鬃毛高聳，令我想到C形玉龍上的長鬣。中華第一龍，應是野豬、蟒蛇、電和虹的合體，為部族求雨的玉神器。那志良先生說：「每逢下雨的時候，常伴有閃電和雷鳴，電光一閃，接着就有一記雷聲，它的聲音是『龍、龍』之音。這個閃電是甚麼？古人不知道，只是它一出現，就有龍、龍之音，就把它叫作『龍』。天久旱不雨，龍也不來了，而向上帝求雨，不如就向龍求雨，它一來，雨也就跟着來了。電光一閃，看不出它的模樣，只覺得有些像蛇，畫龍的人，憑自己的想像，畫出不同的形狀，不過，一般說來，愈早的

龍畫得愈短，以後愈來愈長，真像是一條蛇了。」（《謙謙君子——玉器的欣賞與鑑定》）但龍與虹也有密切的關係，雨後天空出現一弧眾色燦然的彩虹。雷霆風雨，甚至天災後的寧靜，神奇瑰麗的彩虹出現了，古人目迷七色，恍惚間，想到給人溫暖而萬物賴以維生的太陽，也就把虹神化聖化。虹的形象如蛇，而蛇，又是古人因恐懼而崇拜的動物，如電的蛇神化則為龍，在相似聯想和神化心理的作用下，虹的幻化物就是龍。這所以紅山文化晚期東山嘴遺址出土的雙頭龍玉璜，形態像虹，而甲骨文的「虹」字，又與雙頭龍玉璜十分相似。中華第一龍的鑽孔不在龍頭，而接近龍身中段，掛起來時，成了圓拱形。這條龍是虹的化身，但龍尾彎成C形，又保留了蛇的形態。我推測新石器時代晚期，C形在古人心目中、部族文化裏具神聖意味，這種意識和心理源於人和豬的胚胎形態像C，這是由強烈的生育願望、生殖崇拜、對生命誕生的喜悅而來。

　　某天夜晚，整理從國家博物館拍攝的古玉照片，放大玉龍的額頭和及顎底的網格紋，只見那些細密的網格紋，原來呈凸起、交錯規整的小菱形。反覆對照，額頭的網格菱形，比顎底的更為高凸、鋒銳。我想，手指放在網格紋上，一定會有扎手的感覺，比觸碰戰國玉器穀紋的扎手感覺更強烈。這C形玉龍，身和尾光素無紋，額頭卻琢了細密的網格菱形，是不是模擬蟒蛇頭上的花紋呢？那菱形的鋒芒，是通天求雨的密碼，還是要讓人聯想到武器，增加龍的威嚴？又或

是像皇帝，戴上了象徵皇權的冠冕？是人和動物神化過程的必要裝飾？額頭網格紋的長方框和顎底的圓弧，和天圓地方的觀念有關嗎？考古發掘顯示，紅山文化時期，牛河梁已有三層圓形、三層方形的積石塚，代表天圓地方。

3

國家博物館藏有兩隻矚目的玉鳳。一九五五年在湖北天門石家河出土的玉鳳，頭尾迴捲相連，呈圓形，被譽為「中華第一鳳」。一九七六年在河南安陽殷墟婦好墓出土的玉鳳，標示牌寫着「商王武丁時期」，但由於鳳的外形、刻紋、風格，與石家河出土的玉鳳十分相似，很多學者認為是石家河遺玉，而將其歸入石家河玉器。

石家河出土的玉鳳，不像婦好墓出土的玉鳳有冠，受沁頗重，呈象牙色，不大有玉感。弧形的鳥喙夾在兩個逆向的弧形尾尖之間，再加上長短尾中部鏤空設計形成的複輪形態，整個圓形玉佩變得很有動感。觀者隨弧圓的動勢順時針方向畫圓，可畫出由外到內、由大到小的四個圓形。四千多年前的人，能設計出靜而若動，捲而若旋的玉鳳，真是難得。我懷疑這玉鳳是陽鳥，為太陽的化身。

婦好墓出土的玉鳳，淡黃，玉質細膩，冠有小鈎，喙如雞，翅短而尾長，整體呈弧度較小的C形，雍容高貴。初玩古玉常在書中看到這玉鳳的圖片，印象深刻，十分喜愛。玉

鳳分叉的雙尾，有兩個欖核形的隱約線痕，卻又並不完整。印象中，在一本書中見過一隻青色玉鳳的殘件，只有下部，叉尾的形態和婦好墓出土的玉鳳十分相似，但欖核形線痕卻成了鏤空的設計。

鳥是人和天溝通的使者，古人崇拜鳥，崇拜太陽。漢代壁畫中常見的三足烏，藏在太陽中，為日之精；但有學者指出，三足烏是男根的象徵，是男性兩腿夾一男根，其數為三，源於男性生殖崇拜。但我還是喜歡三足烏和太陽的關係。四年前，在金沙遺址博物館，看到鎮館之寶「太陽神鳥金飾」，金燦燦薄如紙的黃金圓圈中，四隻由東到西輪轉而飛的三足金烏，象徵日出日落和四季的循環往復，中央的太陽圖案，順時針射出十二道光芒，象徵十二個月份。這個虛實相生又充滿動感、生命力的金飾，使我目眩神迷，久久凝神欣賞。我在網上讀到一篇文章，說三足金烏是西王母的青鳥，為鳳凰的前身。似乎許多不同尋常的鳥，都與鳳凰扯上關係。

出土的龍鳳紋玉器，我最喜歡廣州南越王墓博物館的鎮館之寶「龍鳳紋重環玉佩」。內圓中的龍，目光炯炯，神態威嚴，龍身龍鬣瀟灑而富動感，大腿肌肉渾圓勁健，龍尾鋒銳有力，線條渦漩浪捲，琢工精湛。外圈中的鳳鳥，回望玉龍，張口而鳴，與龍的合口不語，一陰一陽，此呼而彼應。鳳冠如鈎如雲，迴環舒捲；長尾如甩動的舞袖，翩然多姿。這個漢代玉佩，帶有戰國玉雕的風格，有人說是戰國遺玉，也有人說是南越國文化滯後現象的反映。西漢立國後，玉雕

中的龍紋，相對於戰國龍紋，霸氣稍減，卻多了一統天下的皇室尊貴之氣。「龍鳳紋重環玉佩」霸氣昂揚的戰國玉神韻，文化滯後現象之外，也許還反映表面臣服漢朝的南越國，仍有爭霸雄心。

4

戰漢螭龍，也有人稱為螭虎，因為螭頭像虎；無論是龍吟還是虎嘯，都使人聞聲喪膽。我的貓頭龍，卻予人養尊處優之感，大概也是時代精神的反映。宋代的動物玉雕，大多靜伏閒臥，優游自在；在審美追求上，和戰漢的霸氣凌厲，目光炯炯，肌肉暴突，勢雄爪銳很不同。杯酒釋兵權、文人知軍事、宣和畫院、不善治國而沉醉書畫玉石陶瓷藝術的宋徽宗、極簡之美、使人心靜出神的韻味……，這是貓頭龍的誕生背景了。從戰漢奮厲昂揚的螭虎，變成了「貓頭」，有時也想對它說：安逸使人亡，看看你的皇帝吧。但貓頭龍微微抬着頭，兩臂握拳分張，盤着有點弧圓的腰臀，睜着並不兇惡的眼睛。

在博物館看古玉多了，參照既多，對於貓頭龍，也就有了自己的看法。楊伯達先生、史樹青先生，都說宋代玉器是古玉發展的又一高峰，楊先生更說「宋代玉器藝術已達到登峰造極的境界」(《古玉史論》)；但很多古玉研究者，都對漢以後的古玉不屑一顧，覺得和高古玉不能相提並論。宋代

是玉器世俗化、商品化的時期，市貨品充斥，也就遮蔽了高質宋玉的藝術風貌。玩玉幾年後，我對自己說，絕不購買程式化、沒有藝術品味、沒有生氣的市貨品，結果再沒有買玉了，只是看。明代高濂在《燕閒清賞》中評說：「宋工製玉，發古之巧，形後之拙，無奈宋人焉。」可惜科學發掘的宋代玉器，本就不多，皇室玉器精品，多已被金人掠去，北宋首都開封大量墳墓，又因黃河水淹而埋在更深的土層，多少具藝術品位的宋玉不見天日呢？近世出土了震驚古玉界的戰國曾侯乙墓「十六節龍鳳玉掛飾」、西漢「朱雀踏虎銜環玉卮」；宋代玉器呢，沒有出土過甚麼驚天動地的極品，也就難以讓世人認識宋玉的真正價值。

佘先生為甚麼鬆了一口氣？我後來多番琢磨，自覺有合理的推測——他向行家換購貓頭龍時，憑經驗、肉眼去看。回家後，用放大鏡細察，發現螭紋和底座的風化痕跡不同，知道這是改製品，還有一兩處小崩口，感到吃了虧，怕印章難出手，就做了些手腳：在螭的肩背、腰、底座側壁塗了些紫色染料，螭臀沒有受沁露出白玉地之處更是加了一大滴，偽造壽衣沁。螭和底座不少地方有黑沁，佘先生就在螭分叉的右足、短尾、右爪的小崩口上塗墨水，混黑於其間，以便掩人耳目。在放大鏡下，可清楚看到那是新墨，有明確的着色範圍，還帶點亮光，絕不是墓中物的沁色。記得我「卜搥」前，旁邊有人說在另一間古玉店見過這個印章，「不過」一聲就把後面的話吞回去。我想他後面的話是：不過之前見到

的沒有紫色的壽衣沁。我懷疑這印章本是魏晉南北朝套於塵尾或其他棒狀物前端的素身梯形玉柄飾，物主逝世後入土陪葬，五六百年後出土，被宋代的玉匠改製成螭紐玉印，玉印的物主逝世後以之陪葬，此玉遂二度入土，是以底座的風化痕跡較明顯，點點黑沁微凹；螭紋宋代才琢出，入土受沁時間較短，風化痕跡不大明顯。螭紐採中空的設計，可能因為玉柄飾中央本有一作嵌插用的圓孔，玉匠依料構圖，乃有中空之圓。螭盤捲成圓形，為天；印面正方，為地，寓天圓地方之意。這個梯形印章，形制罕見，雕工亦佳，螭頸的鬣竟琢得頗為有力。那是可以賞玩的宋代玉印，感謝阿簡的推薦。

兩年後，阿簡買了佘太太又拿出來賣的那個清代白玉印章，價錢貴了一倍。他拿給我看，還讓我拍了幾張照片。我比對古玉圖錄，放大那些照片細細探究。這印的螭紋是清代常見的形制，蹲伏的形態有點像蝙蝠，一條尾側捲，一條尾從後向前迴捲，頂着下顎。螭的眼睛，就像薛貴笙先生評說清螭特徵——眼大無神。頭、肩、背全是深黑的水銀沁，頸肩之間，隱隱有一弧白線。顯然，這不是真沁，是用生漆塗上去的，偽造所謂水銀沁，邊位難以塗抹的位置留下黑漆不到的白弧線。楊伯達先生在《中國古玉辨偽》一書中提醒過讀者。我後來對阿簡說，玉印的水銀沁是假的，水銀無法沁入玉中。阿簡捏着印章，瞪眼一看，蹦出一句：「係喎，真的水銀沁怎會自己劃弧，識得轉彎？」

我初玩古玉認識阿簡，那時他已有十六年玩古玉的經

驗；但我覺得他缺乏懷疑精神。他的太太患癌，康復後一直找不到工作；我常常勸他少買玉，現在已過了玩古玉的最好時光，大陸嚴打盜墓，商人沒有多少真貨，更罕有精品。佘太太有時會和他調笑，作勢摸他健身練回來的驕人胸肌，他嘻嘻笑着，縮到一角。佘太太有時會推他出門，叫他早點回家，不要買玉。

試過借給他幾本古玉學報，他很快還給我，說字太多，沒心思看。

5

我的神鳥，背面全是紅沁，正面中央的翅膀露出青黃的玉地，其餘位置也是紅沁。佘太太售出這塊古玉前，反覆看了幾眼，喃喃自語：「不是老土大紅。」如果這鳥滿沁、全紅，尤其是如成熟車厘子那種彩度高的紫紅，她肯定收回不賣，或者要高價才肯賣呢。玉鳥邊位較薄，中央較厚，部分邊位像乾縐收縮的橘子皮，刻線到了某個崩口就不見了。我最初以為神鳥的翅膀真的崩了一個口子，可是不斷盤玩，崩口微微脹起，消失的線條竟隱隱顯現，原來是結構水失水，乾縐收縮，不是真的崩了一個口子。這自然的收縮形態，使玉鳥呈現蒼老古樸之美，仿品是仿不出來的。商周的玉鳥，很多都用開片剩餘的邊料、碎料琢製，玉鳥要變形就料，有的拉長有的壓扁，甚至像弧形、三角形。《彊國玉器》一書

中,大部分出土的西周玉鳥,都是邊料、碎料琢製,形態頗不自然。精美若上海博物館藏的一對西周早期玉鳥,很少見。我的玉鳥,並非以邊料、碎料琢製,形態很美。玩古玉多年,我覺得自己已懂得欣賞神鳥的線條。而商周玉器,主要就是欣賞線條,仿品線條不是太生硬就是太油滑,沒有真品的味道。我曾經想過,這鳥紅黃黑的附着物,是否硃砂,和天然硃砂常夾雜的雄黃、瀝青?在網上看考古節目《襄汾晉國大墓發掘記》、《曾隨之謎》,那些兩周大墓,尊貴的死者只餘頭骨、牙齒,內棺鋪了厚厚的硃砂,衣服、佩飾、漆器、不知名的陪葬物,多已朽壞難辨,化成又紅又黃又黑的腐臭淤泥。有的西周古墓,顯赫一時的王公,骨肉都化得無影無蹤,只餘硃砂紅的人形幻影。都説硃砂無法沁入玉器之中,硃砂沁是古人玩玉的「誤讀」;我的神鳥,滿身怎麼洗刷都無法除去的赭紅沁色,究竟是甚麼物質呢?神鳥有兩個鑽孔,一個在胸前,一個在背上的鳥翼。這應該是組玉佩的鳥飾——兩周的王公貴族,常配戴瑪瑙珠、玉鳥、玉魚、玉蠶、玉蟬串成的組玉佩。只是,我不知道神鳥的物主是男性還是女性貴族。這麼乾縐的玉鳥,可能要兩代人佩戴、盤玩,才能恢復部分玉質;但我不知道自己死後,兒女懂不懂、會不會珍惜他們父親深愛、常常佩戴的玉鳳。

6

小時候住在西邊街，趙醒楠跌打醫館附近的小巷，偶然會有一大群小孩圍住賣麥芽糖的老人。他有一個藍色的布袋，盛着許多雕了各種動物圖案的小竹牌。一毛錢一支動物麥芽糖，小手在布袋中抽籤，抽到甚麼動物竹牌，老人即場做，變魔法似的，很快遞給你。你若要指定某一動物，要收兩毛錢。兩毛，我哪有那麼多錢？我們總會央求他製作龍形麥芽糖，鳳也好，而他總是叫我們抽籤，或者豎起兩根手指笑笑。巷子荒涼了，黑暗了，人，不知哪裏去了。每次回憶我童蒙時代對龍鳳麥芽糖的渴求，對中華文化圖騰的認知，我總很羨慕那些拿着竹籤黏着又香又甜的飛龍炫耀，卻捨不得舔吃的臉孔。「又係雞！」失望的聲音，非常清晰。四十多年後，在廣州往廣東省博物館的路上，看見有人賣動物麥芽糖。我好奇地站在一旁注視。中年男人用銀色匙羹，小心翼翼把麥芽糖瀝在瓷碟上，一隻羽尾極為華麗的金黃鳳鳥慢慢顯現。我彷彿聞到那久違的香氣，「一條龍！再加一隻鳳！」我可以豪氣地說。但我開不了口，只是看。

「我找了你二千七百年了。」

深夜，我正在為明天的演講在網上尋找簡報的圖片。我找到一張似曾相識的結婚照——年輕的新娘，穿着紅色的錦服，滿頸滿身，噢，百多二百個金手鐲，起碼六串，哦，簡直就是「組金鐲佩」，每走一步都傳來黃金君臨天下、震人心

魄的聲音。新娘像皇后，頭戴金鳳冠，化成了金鳳凰，拍着翅膀高飛，繞着太陽盤旋，凌五嶽，越九州，炫閃着斑斕的鳳冠、項飾和羽尾的萬道金光，唱出金子高亢嘹亮、使人仰望的歌聲：釘釘……釘……釘釘……。

鸞鳥鳳凰，日以遠兮……。

而我的玉鳳，玎玎……玎玎……，清揚悠遠的玉鳴，輕盈的節步，環佩空歸：「我找了你二千七百年了。」

我脫下項鍊，撫摸着神鳥，它的翅膀蒼老、乾縐如橘子皮，激發我對死亡的想像。洗澡的時候，它在嘩嘩的水聲中，在我的胸前晃動，鳥喙輕啄着我的皮膚。再多的水都無法使它回復溫潤的玉性；再多的水，都無法洗淨它刻骨銘心的死亡氣息。我想像自己斷氣的一刻，白濁的眼睛盯着天花板，越來越近的黑影，霎的一聲，天空怖亮，銀龍直撲大地，我的咽喉被一條蛇緊緊勒住，我掙扎着反撲，甩動脖子，呼吸急速，向天空撕抓，怒吼，雷霆霹靂！──君子有攸往，山一程，水一程，我已經盡了力，精神騰飛，腳踏實地，認認真真在人世間努力學習，輕輕的、小心翼翼的，一毛掃一毛掃撥開覆蓋你的塵土，細認你身上的花紋，想像你的身世，思考你的歷史。有過恐懼，有過憐惜。煙遠迷離，窈兮冥兮，總有這樣的一刻，我覺得我時來運到，伸手一抓，就抓住了你。你是誰？連名字都沒法留下；我可以為你做些甚麼？

你為甚麼把我掛在胸前，貼着你的心？

我要怎樣回應呢？為甚麼你不去問盜玉、賣玉、買玉、玩玉、賞玉、藏玉的人？

你為甚麼喜歡我？

呃，我……我要怎樣回應呢？——

阿簡説：「剛在佘生那裏買了一個獸口，樣子有點怪，不知是雙頭龍還是雙頭獸。」

我接過手，在放大鏡下看了一會：「阿簡，條龍的右腳有螺旋痕，現代工，你有沒有落鏡睇過？怎麼又買了假貨？」

阿簡接過放大鏡，一看：「係喎，真係電動工具鑽痕！怪不得佘太叫我睇下隻腳。佘生還罵她：『佘太，你隻腳要不要睇下？』原來佘太已經提醒我。」然後，他紅着臉，表情生硬：「佘生講過：因為你信我，所以我一定不會騙你。」

一個星期後，阿簡見到我，説星期六下午去佘先生的店舖退貨：「嘩！畀佘生罵到狗血淋頭！扣了我一千！」然後他一轉臉，開心地笑着説：「退回錢，又在佘生那裏買了一隻船，清玉，雕工幾靚，你應該都鍾意？」

我接過那隻小小的白玉船，只覺時光如水，船行指間，弧形的船篷，竹紋斑駁，裏面空空如也，船頭坐着兩個人，互不交談，似不相識，眼定定望着前方若有若無的浮漚。雕工的確好，只是沒有舊氣，有點灰，又有點乾，似乎是青海料。本想「阿簡，你又……」；眼睛一轉，我混出一句：「係喎，係幾靚。」

留皮鳥

巨大的岩石上，傾斜的笒箕張着口，一根枯樹的枝椏抵着笒箕頂，枝柄抵着石隙。枝椏繫着的灰黑的長繩，蛇一樣游到不遠處的另一塊岩石下。

水聲在岩石間升起，溪水並不潔淨，黑亮的水撞向凸出的岩石改道，激起小小的漩渦，聲音變成嘩啦嘩啦，好像甚麼人用這麼污濁的溪水漱口，然後狂吐。我的腳幾乎伸進水裏的漩渦。

我就埋伏在另一塊傾斜的岩石下，稍微聳起身子，視線越過岩石，盯着張開口的笒箕。

我皺了皺眉。一隻麻雀斜斜飛到不遠處的岩石上，一跳一跳的接近，左右看看。另一隻麻雀又飛來，斜斜降落，先到的麻雀跳過去啄牠，把牠趕走，又一跳一跳的跳向笒箕。太陽爬過了東山，陽光照進笒箕，照亮了一堆金子，在我的眼中閃光。陽光忽然被飄過的雲遮住了，閃閃發亮的金子暗淡下來，變成一堆斂着光的褐黃雀粟。我忽然覺得肚子有點餓。幾天前，我就是帶着這種微微飢餓的感覺去街市，我

想到要買一包雀粟。我在雜貨店外的路邊停了下來，蹲在一個長方形、灰黑如網的金屬籠子前，望着一大群擠在一起的灰黑的鳥，那些鳥真胖。籠子鈎着一個污舊的小牌子：「鵪春」。一隻乾皺的手抓起了一隻鳥，繩子套進鳥頭，一拉，掛在籠子外。又一隻鳥給抓出來，繩子套進鳥頭，一拉，掛在籠子外。籠子外掛着五六隻鳥，有的脖子稍微拉長了，動也不動，剛掛上去的在蹬着爪。然後，乾皺的手解下一隻鳥，熟練地拔毛，手腕貼着鳥身左右搖着搖着，鳥漸漸變成光光的粉紅色，血跡斑斑。鳥在血中睡着了。

我買了雀粟，帶着笸箕、繩子來到這條小溪。我在這裏等了三天了，每天早上在岩石後埋伏，總是徒勞。又一隻麻雀飛來，走開！走開！我幾乎帶着咒罵的語氣，心裏罵着，直到看見一隻鳥，張着紅色的翅膀，靈巧地，瀟灑地，斜斜降落小溪對岸的岩石上。牠斂了翅膀，站在岩石有點鋒利的瘠骨上，黃喙，黑首，眼睛圍了一圈灰線，肩背、翅膀的顏色紅如火焰，直燒到扇子般展開的尾巴，尾巴中央還拖着盈尺長的火紅羽針。這美麗的火鳥，隔着污濁的溪水，晃着腦袋看看越來越少樹木的林子，偶然低頭，翹起幾乎熊熊燃燒起來的尾羽，彷彿要飛走的樣子。不！不！我在岩石後，緊張得呼吸急速，空氣好像卡在管道中，腦袋轟轟響。來啊！來啊！——我看見自己來到茶几前，坐在紅色的塑膠小板凳上，對着銀亮的橢圓形鏡子。我舉起雙手，叉着自己的脖子，用力掐。空氣好像卡在管道中，我望着自己的眼睛越瞪

越大，整張臉越來越紅。空氣卡在管道中，我平靜得胸口幾乎不動，臉紅得像血，額角的筋繃起來，突突顫動。原來是這樣的感覺。我放了手。空氣越過管道，我聽到空氣從鼻孔呼出的重濁的聲音。原來是這種感覺。呼吸平順了一會，我並攏四隻手指，張大口，伸進口中，插進咽喉裏，一點一點深入。有點癢，口水源源不絕滲出，把所有手指都弄濕了。然後我聽到喉嚨喔喔的發出了奇怪的聲音，胃壁翻騰，胃向上縮，好像要把裏面的東西吐出來。我把手指往後退，反胃、嘔吐的感覺慢慢消失了，我連忙把四指往喉嚨深處搵，頓時生出一點快感。我又聽到喔喔的、甚麼東西卡住進不去出不來的聲音，我的喉嚨劇烈抽搐了幾下，我感到自己像一隻小狗喔喔的發不出悲涼的聲音，身子前傾，鏡子裏的人，瞪大了充滿血絲的眼睛，淚水漫到眼眶外。原來是這樣的感覺——火鳥終於起飛了，拖着長長的尾巴越飛越高。我不管那幾隻跳進箕箕的陰影中大快朵頤的麻雀，忘了手中的繩子，從大岩石後現身，站起來，抬高頭，失望、惋惜的目光追着那鳥影，直到雙眼幾乎被天空中一輪火焰強光刺盲。

2

這個多星期，喉嚨有點癢，總像有一泡水，吞掉不久又有。痰已經吐淨了，咳嗽也緩下來，肺也舒服多了，就是喉嚨總像有一泡水，昨天刷牙後竟然嘔吐，邊嘔邊咳，咳得肺

都要裂開似的,一行酸液還從鼻孔中流出來。這回感冒,竟然要吃十天藥。新聞報道,十九歲少女疑染流感家中猝死,還報道某某學校多少學童染流感。醫院擠滿病人,醫生、護士叫苦連天,全城籠罩在流感病毒的陰霾中。我就住在這個城市,精神總是極度緊張。前些時工作太忙,壓力太大,頭痛心口痛。我推掉了外面一些不想做、力不勝任的工作,在家中多穿了衣服,靜靜地養病。

我緩和精神緊張的方法,是看玉和看畫。很久沒欣賞自己的藏品了,我把盛古玉的黑色玻璃盒拿出來,打開,抓起了留皮鳥,放在書桌上。這是許多年前結的緣了——一鳥去,一鳥來。

又是星期三,林先生背着一袋玉回來。我們坐在玻璃櫃前,放下這一件,抓起那一件,移到眼前、鼻子前,有的聞,有的拿着放大鏡仔細看。有一塊長方形青玉佩,我看了一眼,見有一條明顯的裂痕,就放下了。林先生拿起來,盛讚這玉佩雕工好得不得了,線條細密纖幼,一定是高手為之。於是我接過手,只見玉佩前後,雕了同一隻鳥,似乎是鳳凰。雕工的確精巧罕見,於是我決定付款。

回家整晚坐在書桌前研究這塊玉佩。前後都是同一隻站立、張開翅膀的鳥。鳥頭有點像貓頭,聳起雙耳,圓眼,尖喙,頭上有散開的花冠,左右彎彎吊着六枚辣椒形花蕾。展開的雙翅上端,左右長出兩個向內迴捲的鳥頭,鳥喙彎長如蟲,而膽形的鳥身、翅上,刻了許多孔雀翎眼似的圖案。這

鳥真的雕得很美，可惜背面的那隻鳥，受沁重些，一條斜下的裂痕，傷了三分一塊玉佩，幸好沒傷到那鳥。林太太總是說：「十玉九裂。」意思是玩古玉，不能追求完美，有裂紋正常不過。凌晨兩點，我還拿着放大鏡，在奶白光管下細看鳳鳥的刻紋，越看越覺得線條太過完美，琢工之好，好到無瑕。我再前後對照兩隻鳥的刻紋，眉頭皺起來，怎麼兩隻鳥的細部，可以完全相同？玉匠操鉈具碾琢這一邊，難道可以絲毫不差記得另一邊轉彎的角度、線條的深淺？沒可能！腦袋轟的一聲：「中招！電腦曬版！」

第二天下午，我又坐在林先生的古玉店裏，上手幾塊，都不中意。溜眼一看，玻璃櫃的右邊，有一隻形體頗大的圓雕玉鳥，竟有整面的玉皮，可惜另一面露出白玉的地方，鳥翅的位置有一條頗長的裂痕，墓中的黑色物從裂痕沁入，形成一條黑色的裂沁。看樣子，這是真品，是真品就不管其他了。玉鳥已經穿了繩子，會不會有人訂下？問價，林先生竟然回答：「八千。」我連忙把雕工好得不得了的鳳鳥佩拿出來，說玉佩太大，戴在頸上太重，不舒服，想補錢換帶皮玉鳥。林先生接過鳥佩，看看上面的裂痕。

「裂痕昨天買的時候就有了。」我說。

他轉到玉佩的背面。

「和昨天買的時候一模一樣。」我說。

「我在一本書上見過這個圖案，好像是土家族甚麼的⋯⋯雕工實在⋯⋯。」

我不為所動。

「扣五百。」

我點點頭，馬上補回差價，出了店子，不禁鬆了一口氣。

仍然是鳥，假鳥去，真鳥來，我和鳥倒有點緣分。

幾年後，我到荊州博物館看古玉，買了一本書：《荊州博物館館藏精品》，翻到83頁，赫然看見玉佩上電腦曬版的鳳紋原形——荊州馬山1號墓出土的「鳳鳥花卉紋繡淺黃絹面綿袍」上的鳳鳥，那是二千四百年前戰國綿袍上的超時空幻影。

3

玉友聚會，欣賞彼此藏玉，艾文一見我的留皮鳥，就說他見過，曾考慮買，最終沒有選上。阿簡看見我提着繩子，留皮鳥穩穩當當的停在半空，就睜着發光的眼睛說：「我也有一隻鳥，一提起繩子，鳥頭就向下耷，連平衡身子都做不到！」後來他帶給我看，青玉鳥，很瘦，營養不良似的，身上有染色皮，肯定不是真品；但我不能說，多口會沒了朋友。

留皮鳥我一買回家就反覆觀察。那是一隻斂翅回首、靜臥憩息的鳥，平躺桌上，向觀者的一邊，保留了和田玉整幅紅皮子，鳥形飽滿，翅膀刻紋簡單；轉過另一面，是向內斜傾的鳥，樣子看不清楚，可是提起繩子，舉到面前，一隻瀟灑靈動的白玉鳥就正對着我，還看到斜向上、削平的白玉鳥腹。穿孔在回過頭來的鳥喙下部與肩的相連處，就是這個

點，穿了繩子吊起來，全鳥可以優美的停在半空，真不知古人是怎樣計算各部分的比重、平衡點。大概因墓棺塌陷，這玉鳥被木板或他物擊中，白玉的一面，震出裂紋，不少地方還有黑沁，看起來像塗了化開的墨。這是美中不足之處了。用拇指輕撫鳥尾，竟有一片帶點蠟感的紅膜移了位，才知道林先生又做了手腳，在鳥尾受沁較多的皮子上塗了點紅蠟，讓鳥尾看起來漂亮些。我後來對他說，鳥尾塗了紅蠟，他否認。

林先生從大陸入貨回來，會檢視真真假假的古玉，灰頭土臉的，就用漂白水洗，這是我一個人在店裏時，他漏了口風說的，還說這樣做不會傷到古玉。於是我學他，用棉花棒蘸了稀釋的漂白水，輕輕點一下留皮鳥裂紋的黑沁，黑沁馬上變白，我即時停了手。用漂白水洗一洗，沁黑的白玉鳥，會變回亮白嗎？但這是文物啊，還是少動為妙。腦子也曾閃過歹念：電視上的玉商說，一級白的和田玉帶皮子料，價格漲瘋了，拇指大的，也要二十萬人民幣。和田玉最矜貴的，就是那一塊皮子，能證明那是河產而不是山產的玉，河產的玉長期被河水沖刷，玉質細滑，特別漂亮。而皮子，正是水中礦物質，尤其是鐵質沉積而成。二〇〇四年，幾千台挖泥機、十萬採玉大軍在玉龍喀什河河床上挖石採玉，就是為了得到籽料玉石——玉龍河傷痕纍纍，慘不忍睹。

我的留皮鳥，玉皮厚，那是多少萬年水中礦物質的沉積呢？不是這麼厚的玉皮，怎能刻上線條仍沒露出白玉地？

險絕之處是近穿孔位的肩頸，玉工磨皮賦形，幾到白玉地，卻仍顯紅褐，否則一角變白，就破壞了以整面皮子作鳥形的巧妙構思。這玉鳥盈掌一握，起碼有四隻拇指大，剛買回來時，沒有沁黑的白玉部分非常白，看來裂紋的黑沁並未深入玉心，只要磨去黑沁，以新工另賦新形，保留皮子，不難成為價值二三十萬的和田籽料玉雕。但這是文物啊，不能亂動，電動工具一切入玉鳥，就反魂無術。

我後來連盤玩都不敢了——盤玩白玉鳥，黑沁微微化開，非常白的玉變成帶點灰。

4

林先生說，這是宋代的玉鳥。許多年後，看文物多了，我確定這是「宋工製玉」，而且藝術成就非凡，令我對宋代玉器刮目相看。

明人高濂在《遵生八牋・燕閒清賞牋・論古玉器》中，稱讚宋代玉器「碾法如刻，細入絲髮，無隙敗矩，工致極矣，盡矣。宋工製玉，發古之巧，形後之拙，無奈宋人焉。不特製巧，其取用材料亦多心思不及」，認為明玉不能與宋玉相比：「種種巧用，余見大小數百件皆然，近世工匠，何能比方？」不過宋玉還是不及漢玉：「若宋人則刻意模擬，求物象形，徒勝漢人之簡，不工漢人之難。」高濂的專家之言，讓我們看到明代玩玉的文人，如何觀照明代、宋代和漢代玉器。他的

話，經常為今天研究古玉的學者引用。高濂強調宋人治玉善用材料、巧用，而且「刻意模擬，求物象形」，這都在留皮鳥身上看出來了。

宋人主張「格物」，司馬光、程頤、程顥、朱熹、陸九淵、黎立武，都提出過格物的觀點。程顥說：「格，至也。窮理而至於物，則物理盡。」這就強調了要對事物直接接觸，仔細觀察，窮究其中之理。在格物思想的影響下，宋代玉匠相玉仔細，聯類多通，而平日對物的觀察體驗，積累深厚，胸中有物，其中有真，意在筆先，窺意象而運斤，是以玉琢多形神畢肖。望着留皮鳥，我彷彿看到宋代某位玉匠，細察這塊紅皮的和田玉籽料，見其形略帶三角而弧圓，左上方有自然的凹位，眼中逐漸浮現出靜臥之鳥的形象，凹位只要稍磨，不露白玉呈色，可為鳥之頸肩邊線，而此面不需多作刻琢，稍加點染，即能成帶皮之豐潤鳥形；而另一面，原玉或已露出若干白玉地，也就琢磨成另一清瘦瀟灑的白玉鳥，使此玉佩一陰一陽，紅白二鳥合一，也就是所謂「金銀潤」。這種皮色與呈色「巧用」的宋玉，玩玉的人偶有所得，具研究精神的玩家知是宋工自覺的藝術追求；但科學發掘的宋代玉器本就不多，幾無「金銀潤」發現，因而在出土玉器的圖錄上罕見一例。這玉鳥新琢時，一定非常美麗，物主繫在腰間，必定常常忍不住俯視，走路時，玉鳥在腰間晃動、轉動，時紅時白，吸物主之睛也吸旁人之睛。

但留皮鳥的神韻，卻來自宋畫。宋徽宗設宣和畫院，推

動繪畫，對畫家的藝術提高起到鼓勵和促進作用。宋代文人多有很高的書畫藝術修養。宋代山水畫、花鳥畫，不少達到登峰造極的境界。范寬的《溪山行旅圖》、馬遠的《踏歌圖》、文與可的《墨竹圖》、楊無咎的《四梅圖卷》，我心煩氣躁時觀看，精神、情緒會慢慢變得平和安恬。宋代很多白玉花鳥，但坊間所見，具韻味的不多；和田玉硬度達6.5，碾琢不易，哪像用毛筆在紙上繪畫花鳥般圓轉自如，得心應手？因而這類題材的玉器，形態多少予人生硬之感。國家博物館藏的宋代「魚蓮巾環」，琢工精湛，反方向迴旋的魚和蓮花，形態優美而富動感、韻味，治玉巧手之外，非具畫家眼光不為功。現藏北京故宮博物院的宋代「青玉鏤空松下仙女圖」，看圖錄我已眼睛發亮，驚為天人，琢玉如繪畫，仙女的容貌、動態、衣袍、飄帶，背景的松姿，無不氣韻生動，楊伯達先生譽為「玉圖之巔峰」（《古玉史論‧隋唐—明代玉器敍略》）。可惜多次去北京故宮博物院，總看不到此玉展出。

　　留皮鳥形神兼備的姿態，建築於堅硬的和田玉籽料之上，可知難度極高。玉工不願犧牲珍貴的玉石材料，隨意切割，屈折物形以就己意；而是隨物宛轉，順乎自然，以宋畫韻味求物象形，舉重若輕，兩隻小鳥竟如在玉中自然生出，靜臥於野地沙渚，悠然自得。幾年前，和妻子到臺北故宮博物院，隔玻璃欣賞鎮館之寶北宋汝窯「天青無紋水仙盆」，耳邊即時響起馮至的詩句：「一切的形容、一切喧囂／到你身邊，有的就凋落，／有的化成了你的靜默。」宋代藝術極簡之

美，爐火純青，登峰造極；大音稀聲，大巧不工，那是可以治病的美。

若非近幾年經常流連於中外博物館，看古玉之外，連帶看青銅、陶瓷、書畫、雕刻、家具，見到太多「好嘢」；也就不知個人的收藏中，「留皮鳥」具有非同尋常的藝術魅力、文化內涵。或許我會老盯着牠翅膀上的傷痕，嫌牠已經破相，不夠完美，心中耿耿於懷，不斷假如……假如……。

5

夜裏，在書房看玉、看畫。留皮鳥是甚麼鳥呢？黃筌的《寫生珍禽圖卷》畫了十隻小鳥，還有龜、蟬、蜜蜂、蟋蟀、草蜢等昆蟲。一隻小麻雀半張着翅膀，仰着頭似向面前的麻雀鳴叫索食，面前的麻雀合口不語，眼睛不像望着牠，倒像望着我。崔白的《寒雀圖卷》，畫了九隻麻雀，八隻在枯枝上，或閉目淺睡，或仰望或俯視友伴，或倒抓着枯枝嬉戲，右面一隻麻雀在空中展翅，斜飛而下，好像說：「有得玩，怎能漏了我？」畫上有乾隆御題：「意關飛動」。天寒樹枯，大自然卻非死寂；一群麻雀，適情適性，在寒冬中展現活潑生意。看着這畫，我忽然對平日不屑一顧的麻雀，油然生愛惜之情。過去對花鳥蟲魚畫心存偏見，總覺小情小趣，對世道人心無甚裨益。那些文人，不食人間煙火，無視生命苦難，自我陶醉。但生活和藝術不是多種多樣的麼？現代必須抗衡

古典？是否幾十年來，我們都困於「從生活出發」的口號中？平凡的、沒有斑斕彩羽、花冠長尾的麻雀，在宋人的畫中，竟成了主角，充滿生趣。留皮鳥，褐紅的皮色、形態，應該也是平凡的麻雀了。

啁啾。

好像是鳥的叫聲。凌晨一點半，會有甚麼鳥叫？

啁啾、啁啾。

我眨了眨眼睛，搖了搖頭，醒了醒腦，溜眼看看書桌上的《寒雀圖卷》，所有麻雀都安安靜靜 —— 不過是圖畫罷了。

啁啾、啁啾、啁啾。

我的目光終於落在《寒雀圖卷》上靜臥的留皮鳥，看玉對畫後原來我一直把牠留在書頁上，忘了放回玻璃盒中。

是你在叫？

留皮鳥琢工簡美的翅膀、有點吐灰的頭，微微泛着溫潤的亮光，越來越明亮。

甚麼？你要回去？我望了望《寒雀圖卷》，留皮鳥剛好貼着一根樹枝。

牠擱在繩子上的喙好像動了動。

回不去了，國畫中的世界。

城復于隍……。

你說你不知道為甚麼流落這裏？

暮春三月，草長鶯飛……。

懷念是徒然的，活在當下，這裏……。

昔我往矣，楊柳依依……。

屬於你的世界，早已面目全非，誰識你？回去做甚麼？

為往聖繼絕學……知其不可為而為之……。

你一定要回去看看？山長水遠，崖峻林深，荊棘交纏，虎狼隱伏，太危險了。

履虎尾，不咥人，亨。

好吧，祝你好運。還是乘船安全些。我把留皮鳥扣在自己的皮帶上，一邊行，一邊感到有物輕碰右邊的腰腿，低頭一看，只見留皮鳥或晃動或轉動，時紅時白，非常美麗。真不知命運為甚麼要我帶着一隻留皮鳥去尋牠的出生地。

來到水邊，要船就有船——早有一條小船等候。

野水無人渡，孤舟盡日橫，又見此考題！

和牠上了船，逆水而行，水流湍急，漩渦處處，險象環生，隨時翻船溺水。我感到昏暈欲吐，呼吸急速，張大口，喔喔的發出了奇怪的聲音，胃壁翻騰，胃向上縮，好像要把裏面的東西吐出來。牠卻滿懷歸鄉的情緒，青春作伴，唱起老掉牙的歌：黃鳥于飛……即從巴峽……便下襄陽……。

險灘已過，水流變得平緩；我繃緊的精神放鬆了，兩岸的風景漸有畫意，我站在船頭，也有了看樹賞畫的意緒。

你的故鄉一定很美了，鶯飛草長。你知道嗎？我最近學古琴，會彈《黃鶯吟》：黃鶯，黃鶯，金衣簇，雙雙語，桃杏花深處。又隨煙外游蜂去，恣狂歌舞。

有所穆然深思焉，有所怡然高望而遠志焉……高山

……。

　　我只是隨便玩玩，學習學習，研究研究，我們這個時代。……甚麼？我是個天真的完美主義者，過於謙退？

　　大智若愚，大遁不遁……鳳鳴岐山，河出圖，洛出書……

　　真的有點神經病！我不做鳳凰，我是平凡的麻雀！

　　鳳兮鳳兮，何德之衰也……卷而懷之……邦有道，危言危行，天下有道則現。

　　我們那裏倒是有一條鳳德邨，可惜……。

　　船一靠岸，就聽到喞啾、哇哇的叫聲，此起彼落，熱鬧至極。好了，找到了，終於回來了！我簡直興奮得張開了翅膀，朝喞啾的聲音飛去（鳥戲樹之東，鳥戲樹之西，鳥戲樹之南，鳥戲樹之北），雙腳卻停在一輛貨車前。喞啾、哇哇的歌聲更熱烈了──一個中年男人站在貨車後，車上放滿金屬籠子，籠裏擠滿灰灰褐褐的小鳥，每一隻都養得胖嘟嘟。是鵪鶉！原來是牠們集體喞啾、哇哇鳴叫。一個籠子的門打開了，男人抓出了一隻鵪鶉，切切兩聲，鵪鶉的雙腳不見了，切的一聲，鵪鶉的頭不見了。他放下鉸剪，輕到幾乎沒有的聲音，震動籠子的門，擠到門前的鵪鶉本能地向後退了退，把後面的鵪鶉擠退了半步。男人的雙手做了一兩下撕扯的動作，無頭鵪鶉全身的皮毛剝掉了，光脫脫給掉到地上的錦盆裏。他又把放在籠子前的鉸剪拿起來，前排幾隻鵪鶉望着這

把沾血的鋒利的銀鉸剪。手影升起。排第一的鵪鶉。切切，切……。「墮」的一聲輕響，又一活生生的生命給扔到盆子裏。我繞到另一邊，低頭一看，盆子裏滿是粉紅色的鮮血淋淋的無皮鳥，無頭的脖子顫抖着，只餘上腿的血足在空氣中蹬着。切切，切……。比斧頭伐木的聲音更加銳利（伐木丁丁，鳥鳴嚶嚶）。這時，男人別過臉來，口裏銜着香煙，斜眼望着我腰間色若鵪鶉的鳥。切切，切……。我聽到留皮鳥觸電似的發出同聲同氣、極度恐懼的聲音：

「我不認識他！我們是駕鴦！我們是駕鴦！」（黃鳥于飛，白鳥于離）

牠的後腦倏地豎起了一叢羽冠，不知牠一直刻意隱藏，還是我走漏眼。原來留皮鳥不是麻雀。

世界忽然充滿色彩，駕鴦的花冠彩羽，開放大地的清晨，滿天彩雲，隨風舒捲。晨光為人世間描繪着如詩如畫、生機勃勃的花草樹木。天氣有點暖，留皮鳥預告：寒冬將盡，春天不遠。

存在與不存在：
華富邨石灘的記憶與想像

1　釣魚台

　　大家都叫它釣魚台，喜歡釣魚的人，站在石欄前，把魚絲拋到海中，拇指和中指輕捏魚絲，靜靜等待。

　　我常常在雜貨店買三毫子麵粉，到這裏來釣泥鯭。麵粉都用滿是電話號碼的黃頁包摺，在石灘拆開，添些海水，石頭上搓一會，搓成小圓餅，手掌滿是漸漸乾燥的白點，合上手掌搓着搓着，粉如雨下，手掌乾淨了，變回肉色，空氣充滿麵粉誘人的香氣。

　　單鈎黏一點麵粉，魚絲拋到水中，眼前的海水好像更加柔藍，海浪沖拍着釣魚台的基座，沙沙的聲音湧上來，海風把魚絲吹成弧型，傳來突突突突的輕顫，一挫，魚絲有點沉，「有魚！」當然都是泥鯭。泥鯭上水，總是撐起腹背上的刺，給刺中，要痛幾分鐘。膠桶裏的泥鯭不動了，陽光下烤着烤着，眼睛無神，身上的黑斑紋漸漸褪色變白，暈出顏色更淡的圓圈，好像脫皮的樣子；把身子挨過去，瞧瞧桶裏的魚，會聞到濃濃的腥氣。

這就是華富邨的釣魚台，從瀑布灣道左轉，落斜路，經過華美樓，左轉，走過多岩石的下坡路，來到海邊，就見到向外伸出去的方形大平台，右邊還有一道爬進海中，像彎曲手臂的短石橋，水漲時，海水高高低低的在橋面上掩映。這時候，華富邨晃晃蕩蕩的，好像浮在水面。

2　瀑布灣

一九七一年，新落成的四座雙塔式大廈，華昌樓、華興樓、華生樓、華泰樓，屹立在地勢較高的山坡，連同已建成數年的十二座舊長型大廈，華富邨居民人數大增至五萬，不斷有人搬來，滿街衣著樸素的孩子。十歲的小男孩，用孭帶背着幾個月大的弟弟，四條紅孭帶在胸前打一個大結，拖鞋踏踏踏，落斜路，轉入街市裏，混在人堆中，再也看不見。幾個小男孩，汗衣，短褲，走下華生樓的樓梯，走向4號巴士站，走到一半，轉身爬出欄杆，蹲在山坡上，一點一點滑下來。路過的人抬頭望一望，沒有搖頭，也沒有慨嘆，見怪不怪。

這時候，我和星球人，已滑下這個斜坡，跳到路上。右轉，過馬路，下行，經過華清樓、寶血小學，右轉，走進公園，爬下亂石磊磊的山坡，來到沙灘上。瀑布的崖壁不算高，水並不大，有點污濁，一道黑濁的溪水緩緩流入大海。

我們在沙灘上用木棍挖一個洞，用報紙遮住洞口，紙邊壓些沙，然後走到濕灘處蹲下，一邊玩堆沙，一邊斜眼偷看

那報紙。

有人走到沙灘上來了，沒有踏到報紙上。

有人走到沙灘上來了，又沒有踏到報紙上。

「哎喲！有個窿！邊個咁衰？」

中年女人中招，一隻腳踏了個空，連報紙踩進洞裏。

我和星球人雙掌用力壓沙，目不轉睛，死命盯着這一座金字塔，嘴角辛苦顫動。女人走遠了，沙灘爆出一陣笑聲，沙之塔笑得倒下了，一塌糊塗。

在瀑布灣，我們偶然會脫下 T 恤，在鹹淡水的交界處，用 T 恤當魚網，彎腰捕捉小不起眼的金鼓、釘公。或者低頭在沙堆中尋火石，把兩塊淡黃色的火石撞擊得嚓嚓響，火花一閃一閃。

「拿報紙來。」

星球人把陷阱中的報紙撿起，跑過來。我對着報紙一角，拼命敲擊火石，嚓嚓嚓，火花一閃一閃，非常美麗，摸摸敲擊過的石角，熱熱的，卻沒有燃着報紙。

「試試鑽木取火。」

在山坡折了兩條樹枝，把一條的枝頭弄尖，我兩手一前一後，按住躺着的樹枝，星球人不斷搓動雙掌中的樹枝，鑽着鑽着，沒鑽出火，卻鑽出了樹汁。

「嘩，好痛！手掌熱到起火！你來鑽！」

「做實驗，實驗做完了。」

3　石頭記

　　我們在瀑布灣挑了最好的五、六塊火石，走到華泰樓樓
梯口的圓形石凳上，一塊一塊放好，把撿來的紙皮撕成一塊
一塊，用原子筆寫着：一毫、二毫、三毫。三毫子的當然是
最大塊的，比搓好的麵粉團還要大。

　　原來在街邊賣東西，是有一點膽怯的，最怕看見同學。

　　下班時間，行人來來往往，上樓梯，落樓梯。

　　第一次當起了無牌小販──售賣美麗、可以擦出火花的
石頭。

　　一個人瞄了一眼，上了樓梯。

　　一個人問，這是甚麼石頭？

　　火石，可以打火。

　　現在還有人用石頭打火？史前時代呀？劃火柴就得啦！

　　說完，笑一笑，上了樓梯。

　　一個男人停下來，瞄了一眼，這是甚麼石頭？

　　火石，可以打火，像這樣子，嚓嚓嚓，很好玩的。你
看，嚓嚓嚓，真的有火。

　　哪有人買這些石頭？坑渠都有得執啦。

　　坐了兩個鐘頭，沒有人收買可以帶來快樂的石頭。我
開始想，原來他們不覺得這些石頭好玩又有趣，一毫子都不
買。我們當寶的石頭，他們隨時丟進坑渠，丟進坑渠都沒有
人撿。他們究竟喜歡甚麼呢？

噠噠噠，天黑了，火花越來越明亮，從兩塊石頭的交擊處閃出來。

有人上樓梯，有人下樓梯。

這裏真的住了很多人。

七點半，天真的黑了，星球人和我分了圓凳上的火石，捧回家去。

回到家中，我把火石全丟進了垃圾桶。

4　石灘與暗流

釣魚台左邊的石灘，水退的時候露出一大塊礁石，礁石旁是一小片沙地。我沒有泳褲，穿着啡色的校服短褲學游泳，蛙泳的撥水與蹬腳，先是手腳齊一的做一下，雙手按沙地，然後兩下，再增加至三下、四下才按沙地。慢慢的，我像青蛙浮在水面，雙手划水，雙腳蹬水，頭在水面上仰，一邊游一邊看風景。是這裏的石灘，教會我游泳。

來這裏游泳的，還有好些中年人。每天清早七點，總有幾個戴泳帽的在近岸處游泳，兩三個人頭入水出水，有規律地在浪裏隱現；還有兩三個人，在岸邊甩手壓腿，做熱身運動。平日黃昏，或者星期六、星期天下午，總有幾個人在這裏搬石頭，砌平台，岸邊還疊放了大包大包的英泥。黃昏，太陽慢慢西沉，那個戴着泳帽的男人，雙手仍捧着一塊大岩石，從那邊搬到這邊，放好，搖幾下，再找些小石頭，塞進大石間的空隙裏，再搖一搖，壓實。他們朝着夢想的泳棚日

復一日地搬石頭，鋪上水泥。

然而，這邊的石灘不久給封了，鐵網圍成邊界，擋住要到石灘和釣魚台的人，鐵門上了鎖。一塊大鐵牌豎立在當眼的山邊，寫着：水污流急，切勿游泳。可是，要到石灘游泳和釣魚的人，從圍欄與山坡間的空隙中，還是踩出了一條窄窄的路來，圍欄攔不住愛海的人。

有一段時間，不知甚麼原因，泳棚的人，轉移陣地，來到近海邊停車場的石灘游泳，又開始在那裏搬石頭，似乎要建另一個泳場。其他人跟着到這裏游泳。

望着那些搬石頭的人，捧着一塊一塊大石，我就想，好不好主動幫忙呢。但我只是看着，無法融入他們的世界。他們的夢想，好像和我沒有甚麼關係。

直到有一天，我對海有了不一樣的體會。就是在這個石灘，在離岸不遠處游着浮着，海中忽然湧起強大的暗流，把我沖向瀑布灣。我連忙反方向游，可怎麼划水踢水，都無法逆流而進，還是跟着暗流朝瀑布灣的方向漂，離我下水的石灘越來越遠，漂向陌生、令人不安的水域。

我忽然想起那些水鬼的傳說，華富邨昔日可是個亂葬崗。山坡偶然有幾塊墓碑鋪成的石路，某一處石灘的淺水處，更有三塊長方石板，兩塊平放，一塊斜斜擱着，游倦了，我總喜歡游到這裏，踏着這些方平的石板上岸。一個泳客說，那是墓碑，建屋邨時，從亂葬崗掉到海裏，碑石反轉了，字都朝下，看不到。越想越心寒，海水忽然變冷。這

時，我感到水流中有一雙手，不斷拉扯我的腳。我加緊踢水上升，水流又把我往西邊的方向推。太陽正在下山，越往西漂越看得清楚，雲影都染成血紅。我想，我可能會淹死了。眼前浮現那一塊警告板：水污流急，切勿游泳。怎麼辦？前面近岸處有一塊大岩石。我已經沒有甚麼氣力了，就放鬆身體，不再逆流而游，隨着暗流向右漂，緩緩踢水，讓身體一點一點向西岸漂移，向大岩石漂去。兩手總算抓住了那塊大岩石。借着大岩石的定力，我喘着氣休息。

抓着大岩石，仰臉，看見華富邨海邊的樓房，華明樓、華清樓，家家戶戶在落日的餘暉中靜靜曬着露台的衣服。高處的華生樓，我的家就在其中。第一次進邨，就是搬家那天，坐在貨車裏，貨車從薄扶林道的斜路左轉，穿進短短的隧道，彷彿若有光，一出隧道，左邊，柔藍的大海，浮着一座像鱷魚的小島，然後是迎來一座座新潔的高樓。高樓中間的街道，在陽光下閃閃生光。貨車裏的摺枱、碌架床板、鐵皮箱、火水爐，第一眼看見這美麗的屋邨，都開心得咣噹咣噹輕輕碰撞起來。然後是我第一次乘電梯，第一次站在二十一樓井形圍欄前，慌得後退，貼着牆壁走路……。

隔着這樣的距離仰望華富邨，它多麼高峻啊。只要仍看到它，就好像抓住一條無形的繩纜，不安中隱隱有了慰藉。瀑布灣公園一帶，此時正飄着幾隻風箏，有的像魚在天空中緩游，有的像長了尾巴的菱形小屋，虛虛浮着。

幾分鐘後，強勁的暗流過去了，海水變得平和寧靜。我

放開大岩石,往岸邊游去,總算順利上了岸。回頭一望,海藍如舊,浪湧如舊,我下水的石灘,依稀可辨。我彷彿輪迴歸來,有了對死亡的想像。

那個石灘,不久又被鐵欄圍封。

5　危險的勝利

鄰居梁先生和他的三個子女,星期天也喜歡到華富邨的石灘游泳。

梁先生是揸的士的,太太是工展小姐。太太婚後成為家庭主婦,越來越胖,梁先生穩定地瘦,得力於經常游泳。

梁先生不斷慫惥三個子女和我比賽游泳,大約二十呎的距離,從水底的這一塊岩石,到那一塊岩石,他站在終點數一二三。每一次,我都是游第一。他的大兒子,外號大眼仔,屈居第二。梁先生對大眼仔說:你看他,踢水踢得多快,他就是靠一對摩打腳。然後梁先生教我倒後游泳。我以為是背泳,我說我會呀,便仰天向後左右手車輪划水,游了幾步。他說,不是的,不是這一種。是好像向前游,而其實向後退——兩臂前伸,豎掌,手指朝天拼攏,兩掌急速做左右抹窗的動作,水花越多越好,而雙腳的腳掌要用力向上拗,輪流下鋤,產生後推力。好難啊,花那麼多氣力,身體只能向後慢慢移動。

最快樂是看見梁先生的女兒阿美俯身學習浮水,她的長髮一蓬一蓬的浮在水面。我們笑她披頭散髮,十足女鬼。

她每次浮水後起身，總是讓前面的長髮濕濕的下垂，遮住臉孔，然後伸出雙臂捉我們，還發出「嗚嗚」怪聲，如泣如訴。這可把我們逗笑了，又嚇怕了，轉身加速游走，或乾脆潛到水底。

　　還有一個大哥哥教我游泳。他是我的鄰居，住在二十一樓另一邊的「方井」，平日在電梯口教我翻筋斗，在石灘教我游泳。他潛到深水區，出水的時候舉着一隻很大的帶子，看得我們眼都紅了。我剛學會游泳，他鼓勵我游到過了人頭的水域，伸長腳都觸不到石頭或沙地。我說：「好深水！好深水！」我正想回頭，他游過來，把我按到水裏。我拼命掙扎，撲上水面吸氣，他又把我按到水裏。我死命掙扎，蹬上水大喊：「透唔到氣！透唔到氣！」馬上喝了幾口海水，海水又嗆進鼻裏。我拼命推開他，他又把我按到水下，我張大口呼救、哭泣：「唔好！救命！咳……透唔……到……咳咳……氣……」又喝了海水。他變得極度亢奮，又把我按下海裏。我想我真的要窒息死了。這大哥哥可是我信任的人。鼻子又嗆了海水。我不想死，仍拼命蹬腳。這時，我感到水下有甚麼東西把我往上推，我被送到水面，他終於放開我了，我拼命游回岸邊，坐在石灘上喘着大氣，一邊咳一邊哭。回頭望望海中的他，他咧嘴笑着。等我平復了，他在深水區鈎着手指：「來呀！」

　　飲得海水多，日子有功，我的泳術進步不少。有一次，我和剛認識的一對兄弟比賽，看誰游得最遠。我們都用蛙式

一直往遠離石灘的方向游，越游越出，游到深水區。哥哥先轉身往回游，剩下他的弟弟和我。我從未游到這麼深水的海域，越游越慌，很想往回游，但他未放棄。一艘漁船快要撞向我們，千鈞一髮間右轉，向外海開去。船上的漁民盯着我們罵道：「不要命！船多，快游埋岸！」少年的哥哥在岸邊大喊：「回來！回來呀！」他終於轉身了，看見少年已掉頭游向石灘，我還是向前多游了幾秒，才緩緩轉身，在後面望着領先於我的少年，以輸者的姿態，朝岸邊站着觀看的哥哥游去。這時候，一把聲音在心中升起：「我贏了！」

6　海底之美與險

這是我能體驗到的，香港最美的海灣。

喜歡游泳的人，成了朋友。他們把潛水鏡、蛙鞋借給我。華富邨的海水異常清澈，戴上潛水鏡，看見自己被一群一群的火點包圍。火點的背上，有一個大黑點，海龍王練毛筆字，每條魚點一點。這是我在華富邨認識的魚，偶然釣到，沒想到在水底見到那麼多。有人把拆下的雨傘骨磨尖，加上車輻條、木板、強力橡筋，製成魚槍，出水時高舉被魚槍貫穿的石蟹。我也曾自製魚槍，拆下一根雨傘骨，在後樓梯抵着粗糙的水泥地磨呀磨，把一端磨尖，橡筋穿過另一端的圓孔，在水底拉弓似的把魚槍後拉，一鬆手，魚槍軟軟地推進少許，就下沉了。只好徒手掀開石頭——沙泥滾滾，一隻青紅的石蟹，從石頭下竄出，邊逃走邊舉起兩隻鉗子，盯

着我。看到大蟹總是特別興奮，禁不住追，並且伸手，卻又忌憚那對鉗子。戴上粗布手套時，膽子就大得多了，抓到大石蟹，出水一看，竟是隻小蟹——潛水鏡把石蟹放大了。

某一處石灘的水底零零星星埋伏着海膽，密匝匝的黑長刺在水流中晃動，好像會思想、會計算的手指，有骨無肉。所以我就中招了，埋岸時腳一踩，哎喲的叫了一聲，上水後只見腳掌淌血，拔掉斷刺，有一根插得太深，拔不出來，要翹着腳掌一跛一跛回家，用指甲鉗拔。下次游泳穿上白布鞋，再下次游泳，上水前總提醒自己，瞪眼看一看水底有甚麼。

水母也是常見，我們口中的白炸，有的很大，微黃，垂着一叢長髯，大家知道厲害，看到必遠遠避開。可是有一年夏天，華富邨的海面，漂着很多沒有觸鬚的水母。有人張開五指一撈，整個水母出水，圓圓的在掌中，十足大菜糕，卻無比晶瑩，陽光下水滴滴的清亮。他把水母拋到石灘上，大家走過去看，有人用手指戳，說，一點都不痛。於是，大人小孩，都伸手在水中撈水母，拋到岸上，這裏、那裏，一隻一隻水母躺在岩石上，陽光下融化了，軟軟的不成形狀。我和星球人也撈了很多，還像擲雪球的互擲，水母在岸上飛，我們在岩石間縱跳閃避。

幾天後，我在淺水中看見一隻很小的水母，只有一圓硬幣大小，手掌一撈，火燒電殛！瞪眼一看，水中的小東西垂着三四條長長的觸鬚。上岸後看看手掌，一條條血紅的傷

痕，又痺又痛，真的被火燒傷了。馬上拖着受傷的手回家，塗了很多荎朮油，第二天，第三天，塗了幾天荎朮油才消痛。

許多年後，一個新認識的朋友說，他和一個友人在深水灣游夜水，雙雙被白炸炸傷，他受了重傷，他的朋友死去了。他說：滿身鞭痕，痛不欲生。

我聽後背脊發涼，眼前是黑暗的深海，無形的閃着幽光的東西，一收一縮， 一晃一晃。

7　清晨的釣魚台

我最喜歡清晨的釣魚台，母親有時會七點幾到那裏，手裏捏着錢包。

魚船駛近岸邊的聲音。

有的從左邊的石灘靠岸，有的從右邊的石橋登岸。漁民把一盆盆魚蝦蟹端到釣魚台上，又把一圓網一圓網的魚蝦，用長繩吊着，縛在釣魚台的石欄，浸在海裏，隨時拉上來。盆裏還有各式海螺、海星、麵包蟹。

膠桶裏有太蛇，有毒的，蓋子蓋着。有人買時，又黑又胖又矮的男人抓出來生劏，斬了頭，剝皮，帶血的去皮的粉色肉海蛇，在透明膠袋裏捲來纏去，掙扎着。

我最喜歡看漁民秤魚蝦時，用黑褐色的大秤鈎一把鈎穿膠袋，放水才秤，或者乾脆用手撕下膠袋一角，讓水流走。

媽媽買了一尾石斑，見我老盯着盆子中的金黃色的珊瑚魚，就問賣魚的女人，可不可以把珊瑚魚送給孩子玩。女人

想了想，就取膠袋，盛水，把魚撈進去。

家中的鋼書架本來有一個魚缸，養的魚都死了，空着。我在石灘挖了一桶海沙，提回家倒進缸中，用一個紅色的塑膠勺子，放在馬桶邊接水，拉了幾十次沖水掣，用沖廁的海水養那珊瑚魚，後來又把釣到的石九公、青衣、泥鯭放進缸中，把餵淡水魚的紅蟲倒進水裏，牠們也吃。

我是多麼快樂呢，第一次養海水魚。那可是有錢人的玩意！

五六天後，魚的眼膜漸漸發白，眼睛腫了起來，一條一條死了，水也開始發臭。

8　華富邨的前世今生

2014年，梁振英在施政報告中宣佈重建華富邨，而我，已經離開華富邨二十多年了。這時候去追尋華富邨的歷史，是趁潮流的庸俗行為，我得承認，我是這樣的一種人。但另一方面，我想通過追尋一點華富邨的歷史，去醫治我的病。我怕有一天，你問我記得華富邨嗎？我懵懵懂懂，反問你：華富邨是甚麼？

回憶是一種治療方法（我其實一直在自我拯救）。談到華富邨，我首先想到的，是從雞籠灣到瀑布灣，那曲折的海岸線，柔藍的大海，像鱷魚蟄伏的小島。有時想，如果沒有這一片海灣，我今天會變成怎樣的一個人呢？

然後是從地面拔起，高聳入雲的方形巨井，在井底仰望

天空，總是一片方方正正的藍，偶然飄過一片白雲。烏雲當空的時候我不會仰望天空。有時想，如果沒有這些巨井，我今天會變成一隻青蛙嗎？而我從來不會想像自己變成王子。

然後是一間簡樸的房子，水泥地，鐵枝搭起的碌架床，沙發、椅子、飯枱、電視機、奶白光管。有時想，如果沒有這間寬敞的房子，我的家仍是八九個人擠在一起的板間房嗎？希望不會坐上隨時翻沉的橡皮艇，尋找可以容身的地方。

我在網上找到一張黑白照片，高空拍攝快將建成的華富（一）邨，周圍仍有等待建屋的空地，瀑布灣山上還有不少農田、村屋，沿海都是陡峭的山坡，只有零零星星的樹，而我搬到華富邨時，山坡已種滿樹。於是我想起來了，剛搬到華富邨，除了流連於瀑布灣、石灘，我還常常和弟弟、星球人到仍未建屋的荒廢農田挖馬屎莧、番薯，華生樓的後山仍有桑樹、番石榴樹，初夏可以摘桑子吃，可以摘桑葉養蠶蟲，可以爬到樹上摘番石榴，野地有龍珠果。那時從華樂樓後面的山坡，可以沿水渠，抓着矮樹走到石灘，那裏的石灘遊人很少，四五呎深的水底，海膽很多。

不久，我又找到另一張鳥瞰華富邨的彩色照片，大概是八十年代中的華富邨，邨口已屹立着華富閣，還有消防員宿舍。華貴邨未興建，雞籠灣村未清拆，邨口未填海。我從高空下瞰，看見一個小孩在雞籠灣邨外的沙灘挖沙蟲，卻挖到一個狗的頭骨。你用一根短棍頂着狗頭，從山坡爬上華樂樓，當街舉着骷髏頭走到華生樓，乘電梯，到了十二樓，把

狗頭放在一戶人家的門外，馬上衝回家打電話給吳永定。

「哥哥去咗街。」

你就對聽電話的吳永定的弟弟說：「聖誕老人送了一份神秘禮物給你們，快打開門看看呀！」

吳永定的弟弟放下電話筒，你很快在電話中聽到一把驚恐的聲音：「哎呀，骷髏頭呀！」

你立即掛上電話，狂笑大笑，笑到標眼淚。

許多年後，你和妻子在茶樓飲茶時提到這件事，仍笑得很開心。你的妻子笑了，說了一句：「咁鬼曳！」想了想，好像她就是吳永定的弟弟，打開門，驚見一個找上門來的骷髏頭，忍不住又笑着加了一句：「乞人憎！」

沒有這個狗頭做引線，我想，我不會記得吳永定了，他和我鬥過彩雀，他的笑容和聲音突然清晰起來，他的牙齒很白，膚色很黑，他弟弟「哎呀，骷髏頭呀！」的語聲就在耳邊，震顫着震顫着，非常鮮活。現在，我連他弟弟的樣子都記起來了，白淨的小臉，穿着寶血小學的校服。

我在天空上，俯視着一張地圖，在發現狗頭的地方加上了「我在這裏」的記號。又不斷尋找泳棚、釣魚台、瀑布灣、荒廢農田、小溪、遊樂場、巴士站，在不存在的地圖上，加上「我在」的標記。這時候，我忽然想起王國維的詞句：偶開天眼覷紅塵，可憐身是眼中人。華富邨變成了夢幻的迷宮，不同時空的建築物，奇門遁甲般詭密地移動，刻刻斗轉星移，使我迷路。我看見我在這裏走過，又消失了，或者躲了

起來，在迷宮遇到另一個相識的人，大家把手指放在嘴邊，輕輕噓了一聲，說：「有人監視我們，小心被他發現。」

我以為我再不會記得他們了，看見那麼多的我和他，仍然活着，沒有死去，在華富邨的山邊，在華富邨的石灘上，走來走去，時隱時現，我不禁熱淚盈眶。

9　記憶的真實與虛構

我在三聯書店買了一本去年出版的書，書名《蟑螂變》，作者是王良和。這名字我未聽過，很陌生。買下這本書，僅僅因為最後一篇文章，題目叫〈和你一起走過華富邨的日子〉，這就和我有關了。我在坐地鐵回家時，迫不及待翻看這篇小說。哦，主角，一個叫「程緯」，一個是「我」。「我」是誰？讀了大半仍不知道，你你我我的糾纏不清。

看畢整篇小說，一句話：失望！寫華富邨竟然沒有專寫石灘的章節，只說在藍塘麵包店買麵包皮，用泥鯭籠浸泥鯭，瀑布灣成了黑社會毆鬥的場地。我也是在華富邨長大的，從未聽過瀑布灣有黑社會打鬥，上網找了大半天，一條資料都找不到，沒有新聞報道，沒有人分享見聞；反而是很多居民見到UFO，電視節目都探討過這咄咄怪事，作者呢，卻無一字道及。最離譜的是小說中一個鬼故都沒有，寫華富邨怎能沒有鬼故？都不知他是不是「真·華富人」。

寫小說之前，上維基百科找一找，都會找到華富邨的歷史啦，看完才寫，起碼寫出一個地方的若干歷史：

　　華富邨（Wah Fu Estate）是香港最著名的公共屋邨之一，由前香港屋宇建設處建築師廖本懷先生負責設計。華富邨分5期落成，華富（一）邨於1967年11月至1969年2月分階段落成，而華富（二）邨則於1970-71年分階段落成，而1978年加建的華翠及華景樓也同告落成。華富邨的人口在高峰時共有約50,000人。

　　1968年9月27日，時任香港總督戴麟趾主持華富邨的開幕典禮，同時亦慶祝香港屋宇建設委員會第25,000個單位落成（位於華美樓9樓）。華富邨在落成之初，並未吸引太多市民申請，原因是該邨遠離香港市區，而且交通非常不便，對外交通僅能夠依靠一條狹窄的薄扶林道，加上屋邨原址為雞籠灣墳場及香港日治時期的亂葬崗，令到不少迷信的市民不願意申請入住。至落成該年，香港政府為了吸引市民入住，而播放了一齣名為「華富新邨」的宣傳影片。

一個屋邨建築在無家可歸的亡靈之上，註定要與鬼同住。聽說很多建築工人把墓碑扔到海中，所以華富邨水鬼特別多。據我真實的經驗，華富邨的居民，無一不在口耳相傳、不斷添油加醋的鬼故事中生活——屋邨剛建好，尚未正式有人入住，已有亡魂迫不及待搬進去，慶祝新居入伙，在烏燈黑火的單位裏打麻雀，建築工人常常聽到「碰！西，死

晒！」的笑聲，一陣一陣，起起落落，就像潮水的聲音。一個長髮少女老是在黃昏時蹲在海邊洗臉，一張臉久久浸在水裏，專候最後一個游泳的人上水的一刻，讓他一睹芳容……。可惜我不會寫小説，否則我一定會寫一系列珍珠都無咁真嘅華富鬼故，就叫做「華富邨：鬼咁愛你」。在梁振英宣佈重建華富邨後，肯定有市場。

不過，話説回來，原來這個王良和，寫過一篇小説，提到華富邨有鬼。在《蟑螂變》ＸＸ頁到ＸＸ頁，對了，就是那一篇〈降身〉，開端寫幾個小學生到停車場捉鬼，因為傳聞停車場底層有一個棺材。我不知道作者是弄錯了，還是故意改動一下棺材的傳聞。誰不知道呢，建華富邨時，工人碰到一副棺材，但有人對棺材不敬，整隊人不是生病就是行衰運，更有人暴斃，摸過那副棺材，就似中了咒語，一定有事發生。沒人再敢動那副棺材了，建築師惟有稍稍修改某個地方的設計，封了那副棺材，以免居民觸碰甚至看一眼都遇到厄運。但那副棺材不在停車場裏（王良和沒有説，但我知道他指的是華泰樓的停車場），而在居民協會對上的巴士站草叢中，至今未化，只是棺材不肯現身，無人找得到，生果報的記者用盡方法找，都找不到。

這些雖是傳聞，但傳聞有時候比正史更真實，甚至可以揭開歷史、建構歷史，最好不要扭曲啦。

10 心病與棺材

外母胸口不舒服，我和妻子、兒女探望她。

她的嘴唇有點發黑，眼睛有點陷落，頭髮更白了，説話慢，有氣無力：「老毛病，心口總是翳住翳住。不礙事。」

不知為甚麼，這幾年，我們一家，總是輪流感到心口翳悶，外父外母嚴重些，輪流入院，都説心臟有點問題。這個出了院，那一個很快又入院。他們和我們成了威爾斯親王醫院和沙田醫院的常客。他們入院，我們探病。

而我，躺在沙發上，總是無法自制地突然「哼！」的大叫一聲，好像很鄙視甚麼似的。

妻子每次聽到都生氣地説：「又來了！」

我説：「我常常感到心口給甚麼壓住，不大力地哼一哼，不舒服。」

「不，你有精神病！」

「我知道的，我只是腦退化。」

十多年前，我常常自嘲患了「青春痴呆症」，現在，慢慢步入老年，人，真的開始痴呆了，記憶力急速衰退，很多事情都記不起來。我預見自己的結局：一個再沒有記憶的人。眼前的光慢慢收細，細到沒有，終於只餘一片漆黑。

最要命的，是學校的工作越來越多。這兩年，學生到大陸參加文化交流團蔚然成風，學校成立了一個委員會處理學生到大陸交流的事，我當上了統籌。教書、改簿、搞課外活

動，已經非常吃力，現在還要兼任交流團總指揮。我從沒處理過那麼多行政工作，面對學生這樣那樣的要求，還要留意學生有沒有情緒問題、自殺傾向，壓力之大，可想而知。今天的學生，已不是我們當學生時的學生了。要挑和甚麼人去交流，要調組，喜歡投訴，還很會爭取自己的權益。

學校前年請了一位北京來的老師，他教普通話，更可以用普通話教中文。人高大，有點胖，走路的時候，誰都看得見他的肚腩，泳隊的學生在背後給他起了一個花名：「波波夫」。他很關懷學生，也很受學生歡迎，放學後總在操場上和學生聊天。和他稔熟的學生說，他會彈古琴，在北京跟一個大國手學了許多年。可是我每次向他請教，他都有點緊張：「別亂說，我連古琴是甚麼都不懂，小弟普通人一個，沒有文化，搵兩餐……。」

在學生到大陸交流的行政工作上，他是我的副手，每當有學生提出這樣那樣的要求，和他商討處理方法時，他總是說：「殺一儆百。」不然就是說：「見血。」叫我不要讓步，一定要硬，殺一儆百，立威。幾乎每一次諮詢他的意見，他都是這樣說。我覺得無癮，還有點心寒，因為他總是慫恿我出手，和學生正面交鋒；而他，例必慈和地對學生微笑，去年還在「我最喜愛的教師」選舉中得了亞軍。我實在聽得厭煩，也看不下去了，忍不住頂了他一句：「這裏是立人的地方！」

我想我的心口翳悶，一定和我的工作有關；我想我的「哼！」的發聲，一定和甚麼人有關。

電視新聞又傳來遊行的畫面，一個貌熟的短白髮、長白鬍子、黑黝黝的男人，正奮力高舉一副自製的棺材。有人要把棺材拉下來，有人要把棺材舉高，推過圍欄。人群你推我撞，十分混亂。外父生氣地説：「成日抬棺材，搞搞震，無幫襯，搞亂香港就係呢班人！」

他的孫子在電腦前站起來，笑着説：「這就是香港可貴的地方，連棺材都唔准抬，香港就真係死得啦！」

外父不作聲，進廚房；兒子不作聲，進洗手間。

妻子照顧外母吃藥喝水，又用小刀把一粒一粒的藥切開一半。

心口又痛了，有時是撕裂的痛。外母不知道我的心臟病，其實比她更嚴重。但妻子老是説：「你的痛是假的，心理作用。」

那甚麼是真的呢？我身邊有很多朋友，都患上了心臟病。我不忿地蹦出了一句：「你的心臟不是有雜音嗎？」

我對妻子説，明天，我要回華富邨看一看，看看我童年常去的石灘，我怕我過不了今年。

「大吉利是！嚙得就嚙！」

11 守護華富：滿山神佛觀滄海

我一個人重回華富邨。我帶了照相機，沿途拍些照片。華美樓地下，昔日的幼稚園，變成南區長者綜合服務處。一輛接載老人的十四座小巴停在門前，車身當眼處印着「用心

關懷　以心連繫」。正對釣魚台，海景優美的華康樓，外牆新
髹，但整幢大廈老得要用鋼架支撐。

　　瀑布灣公園修建得比以前更加美麗，種了很多樹，洋紫
荊盛放濃豔的紫花。我走下石階，只見海邊圍着一列長長的
綠色鐵欄，一直延伸到釣魚台。幾個工人正在修茸斜坡。

　　穿過鐵欄的空隙，只見左邊的山坡，密密麻麻擺滿了陶
瓷神像，觀音、福祿壽、大肚佛、如來佛祖、關帝、鍾馗、
八仙、濟公、財神，或站或坐，或盤腿修練，或舉臂向天，
或輪轉千手，慈和微笑，怒目猙獰，回眸含悲，不憂不喜，
成百上千的神佛，在山坡列出奇特的仙陣，千目凝對滄海。

　　而這時海浪洶湧，潮水怒擊岩礁，轟然星碎，浪花四
濺，正是水漲之時。

　　沒想到二十多年後，這泳棚竟有如此氣象，滿山神佛，
守護華富，成了華富邨海灘的一道風景。

　　泳棚一帶的路，都鋪了水泥，有可供上香的小神龕，有
遮陽擋雨的棚屋，裏面有方桌、椅子、掛畫、電鐘，還有數
十神像在供奉台上，陰影中緊盯洶湧的大海。

　　多少年了？終於，一個可以讓人躺臥、曬太陽的水泥平
台建成了，還有方便下水的石級、扶手，不必像以前，要小
心翼翼走在高低不平的岩石上，隨時摔倒。我唸初中時，農
曆年後，常見泳客把家中的桃花、五代同堂移植到這裏，山
坡擺放的觀音、佛像漸漸多起來，底座都加上了水泥，牢牢
黏在岩石上。我曾把一個瓷觀音放到這裏，現在滿山神佛，

不知我的觀音，站在哪裏觀滄海，看着日出日落，燦爛星辰，在華富邨的天空上運轉。那年代，總有一個最熱心砌建泳棚的五六十歲男人，常在這裏搬石頭，他的腦中，一定有一個夢想的泳棚和大海。他還活着嗎？我彷彿仍然看見他，穿着藍色的泳褲，光着上身，或披着大毛巾，完成了一點點工作，天黑前沿着瀑布灣的斜路，緩緩上行。

我在泳棚待了一會，就走向釣魚台。釣魚台如此殘破了，老是被鐵欄圍住，居民卻用了各種方法越過鐵欄，來到這裏游泳、釣魚。釣魚台右邊有點崩塌，我爬過水渠，來到石橋上，開始用刀片切蝦肉，拋絲釣魚。這曾經是星球人和我，他弟弟和我弟弟常來游泳、釣魚的地方。

「你還記得星球人嗎？」有一次，我突然問我弟。

「記得，香樹輝吖嘛。」

「他以前住在華興樓，你有沒有碰過他？」

「沒有啦，聽說移民了，哈哈，飛到另一個星球，他都不是地球人。」

我笑了。我們是看了七十年代放映的美國電視片集《星空奇遇記》，給香樹輝改名星球人的。那些集體在華富邨看見UFO的人，會不會因為看了電影《第三類接觸》？那是一個時代的集體想像。UFO、飛碟、星球人。

魚絲突突突突顫動，有魚，一挫，魚絲卻輕如無物，魚餌給魚吃掉了。

又見到你，太難得了。是水下的聲音，從魚絲的另一端

傳來。

華富邨不久要拆了，回來看看。

不下來游泳？我等了你很久了。

我長大了，知道海裏有海膽、白炸、毒海蛇、鯊魚，還有水鬼。

還有暗流。

我已經不敢在這裏游泳。

又死了一個中學生。

我知道，放學後和兩個同學在瀑布灣游泳。蛙人搜索到凌晨，才在華美樓對開的海底找到他。我在網上的新聞看到了。

他就坐在那裏。有時哭着要找媽媽，有時傻傻地望着大海不説話，有時又不斷向大海扔石頭。

我別過臉，果然看到一個穿着校服的中學生，看來剛剛游完水，校服濕濕的，坐在海邊，潮水湧到他的腳踝，偶然有浪花濺到他的身上。天空滿是陰雲，海風吹過，帶來似苔蘚又似鹹魚的氣息。

我們都不聽勸告，加上圍欄鐵鏈上了鎖都沒有用。水污流急，那一次，我幾乎沒頂，真凶險。

你應該死了很多次。

是你救我？那一次，把我往上推⋯⋯

有嗎？老是下雨，天空都似大海波濤洶湧，雷電交加，頭上的帳篷積了很多水，不斷壓下來，我就用一根棍往上頂

了幾下，讓水從兩邊瀉走。你知道，我們只能住在這樣的地方。你們來了，我們連躺下來的地方都沒有了。

但華富邨快清拆了，我們的家……

眼見它起高樓，眼見它樓塌。五十年。

這裏可是我認識世界、人生的開始。

那時你真係好鬼曳。

12 日落華富：終極一釣

「有魚！」我突然感到魚絲向下一沉，下意識地往上猛挫，那魚絲越發沉了，繃得直直的，還向右游竄。一定是大魚！10磅絲，應該夠力，是石斑就好了。我嘴角微動，想笑，不和那魚糾纏，怕魚甩掉，左右手快速輪換拉絲。那魚卻不動了，越往上拉越輕，好像那魚很享受上水的感覺，甚至迫不及待，有意配合。出水的卻是一叢墨黑的海草，在水波間晃動，活潑潑的像無數小海蛇亂竄。瞪眼一看，草間一隻痛苦的眼睛。果然是大魚！我猛力一扯，魚絲倏地扯到半空，眼前晃晃的卻是個飄着長髮的人頭，海風吹開一叢髮絲，我看到一張傾側的蒼白的臉，還有一隻合上的眼睛。那眼睛，朝我，突然張開。一把聲音幽幽的問：「我在哪裏？」

「鬼呀！」我失聲大喊，急急扔掉手上的魚絲，轉身就跑——一轉身，太陽完全西沉，天就黑了，空氣冷得發抖，滿耳潮聲，滿山碧熒熒的光點。

「鬼呀！」我再大喊，張着口，卻怎麼也發不出聲。

「我釣到一個人頭。」

第二天，我壓低聲音對星球人說。

「黐線！」

「真的！」

「在哪裏？」

「釣魚台。」

「你發噩夢！」星球人大笑。

魅影

這是我第一次到這間醫務所。妻子斷斷續續和我談過幾次，最後她說：「阿權，我實在沒法幫你了，你不如見見黎醫生吧。」她這一次並沒有顯出不耐煩的樣子。我雙眼通紅，眼眶充滿淚水。我的頭又痛了，我說，好像有一雙手正扭動我的腦袋，要把腦汁都擰出來，拜託你，給我一柄斧頭吧。妻子馬上翻手袋，給了我一張名片。她是註冊社工，專業的婚姻輔導員。

推開醫務所的玻璃門，只見裏面坐了十多人，擠滿了整個醫務所。登記資料後，護士問：「你從甚麼地方知道這間醫務所？介紹人是誰？」我只說了四個字：「我的妻子。」正低頭寫字的護士抬頭望了望我，好像青蛙用長舌抹了抹眼睛，雙眼閃着濕亮的帶腥味的光。我知道她心裏嘀咕：嫁了你真慘。

我轉身，掃視這又白又亮，掛了幾塊「杏壇聖手」之類的玻璃鏡面的診所，心裏不勝憂鬱，卻又不勝寬慰：我終於也要到這裏來了，人這麼多。

十來個人，大部分是女人，男人只有兩三個。一個穿紅衣套裝的太太，衣著極為光鮮，她正翻閱診所的婦女雜誌，

一舉手一投足都嫻靜優雅。她身旁坐着一個七、八歲的女孩，把玩着一條青白色的蛇，青白色的蛇吐着紅色的蛇信。她一邊搖踢着雙腿，一邊用拈花指輕拔着蛇信，蛇信快斷的時候，她兩指放開，讓蛇信彈回張開的口裏，然後又用兩指把它拉出，來來回回地玩着，玩得呵呵的笑起來。她媽媽仍舊靜靜地看着雜誌，一動也不動。

這女人的丈夫一定是包二奶了，真慘。

坐在牆角的男人，穿着深藍色的西裝，結着紅色白點領帶，黑色的羊皮公事包攔在大腿上，黑皮鞋擦得鋥亮。他兩腿合攏，兩手放在公事包上，像見工面試般，偶然瞥見我望着他，兩肩不自覺輕聳緩移，不知可以靠在哪裏。

你一定失業不久了，長時間睡不着，有點頭痛，對嗎？家人一定不知道你給裁掉了，你倒會騙人，每天還西裝筆挺的上班。你也到這裏來了，不必怕，我只是好奇，並無惡意。我不會對此事張揚，其實也沒甚麼大不了，你看，大家若無其事地坐着，就像一家人，只有我連坐的地方都沒有。

我禮貌地笑一笑，他看見我笑，趕緊別過臉。

居然自命清高，反過來瞧不起我了？

這小子臉色青白，樣子倒有點像我小時候的鄰居阿全。唔，他們説不定是失散了的孿生兄弟，剛出生就給掉了包。最近，不是有一個男人捐血後，發現自己的血型與父母、弟妹全不合，才驚覺出生的時候給掉了包，父母易子而養嗎？他還通過電視媒體尋找親生父母，卻是毫無消息。阿全，會

不會是這小子失散了的兄弟？我上星期才見過他。

上星期下午，我和父親回到舊屋。就像過去一樣，我關上鐵閘，打開大門，把門柄的繩子縛在雙層床的鐵枝上。不同的是，母親並沒有從廚房走出來，用毛巾抹着雙手；她褪盡了色彩，變成了一張黑白的瓷相，放在紅燈幽幽的神龕中層，上層伴着她的是觀音菩薩，下層伴着她的是吳門歷代祖先。父親和我怕她寂寞，特地回來看她，給她上香。

我剛關上鐵閘，縛好門繩，就見到阿全從他家裏直直的走來。他住在1121，在走廊盡頭，剛好對着我家。阿全還是老樣子，白色的汗衣，白色的帶點暗黃的短褲，人字拖鞋。他站在鐵閘外說：「回來啦。」

「回來了。」

「我昨天看見吳力豪。」

吳力豪是我弟弟的姓名，這舊屋，只有他一個人住了。

「哦，是嗎？」

「吳力豪，我昨天見到他，他說要返工。」

「是的，他要返工。」

阿全像從前一樣，扭着身子，好奇地探頭探腦隔着鐵閘窺看我的家。

「你有沒有工開？」

他又來了。

我點點頭：「有的，有的。你不用開工？」

他搖搖頭。

每次看到他，他都問相同的問題。十多年前，我還是中學老師，他依舊是白色的汗衣，白色的帶點暗黃的短褲，人字拖鞋，站在我家門前，響巴巴地説：「我介紹你去黃竹坑做清潔吧，一百塊一天，好容易做，你明天跟我一起出門，我介紹你去……」

「你有沒有工開？」

我有點不耐煩了，把門繩解下來，關上門。阿全的頭就出現在門旁的小窗前，他好奇的目光穿過雙層床落在我的身上，好像我的身上有些甚麼讓他得到觀看的快感。我不理他，和父親數着香枝，用打火機燃點，拜過後，三枝一炷的插在觀音菩薩、祖先和母親的香爐裏。

父親説：「阿全還在外面。」

「別理他。」

父親説：「他每次都説要介紹你做工。」

「他很久沒工開了，自身難保，靠老婆養。」

父親説：「你母親走了，徐家威不能來這裏吃飯了。」

徐家威是阿全的兒子，有一段時間，阿全的母親和阿全要上幾個小時的清潔工，請我的母親幫忙照顧徐家威，母親像帶孫子似的給徐家威吃午飯。阿全後來沒工開，徐家威應該留在自己的家裏，可他老是啪嗒啪嗒的穿着拖鞋走到我家門外，抓着鐵閘往裏瞧。母親有時候拉開鐵閘請他進來，仍舊給他吃飯。徐家威吃得搖頭晃腦，對他奶奶説，我母親燒的菜「好好味」。

　　是的，好好味，青椒炒肉絲、涼瓜炒瘦肉、煎蛋餃、黃芽白肉丸蛋片湯。可是，我和徐家威再嘗不到這樣的好菜了。

　　父親說：「阿全為甚麼老說要給你介紹工作？」

　　「我不知道。」

　　父親說：「他只能做清潔，或者做包裝。」

　　「清潔也做不長。」

　　父親說：「那他為甚麼老介紹你做清潔？」

　　「我不知道。」

　　我其實是知道的。二十年前，我考畢高等程度會考，等候放榜時，在黃竹坑的工廠區找到一份做電話包裝的暑期工。那時候，工廠缺人，工人若介紹一個人進工廠，能做滿一個月，介紹人就可以得一百元獎金。我見鄰居阿全老是閒在家裏，就介紹他給工廠，好讓他得到工作，而自己可以多得一百元。

　　我原本在包裝部做輕省的包裝工作，把米色的長條狀電話放進泡泡袋就行，幾個人圍着做，還可以邊做邊聊。把阿全介紹進去，主管安排阿全接了我的工作，把我調去裝箱——給入了紙皮箱的電話打上包紮的黃帶，然後在紙皮箱的當眼處用箱頭筆寫上付運的英文地址。寫字是輕鬆的，但要把盛得滿滿的電話，一箱一箱疊高、疊好，雙臂又累又痛，還要提醒自己，不要彎腰捧箱，要先蹲下來，雙手捧物緩緩站起，否則很容易弄傷腰骨。這比原來的工作辛苦多了，唯一的安慰，是主管對着領班說：「誰寫的字？那麼漂亮。」領

班指着我說：「不就是那個暑期工。」

可是，沒多久，領班猩猩頭（我們背後都這樣喊她）走過來埋怨我：「你怎麼介紹個傻人給我們？甚麼都做不成！」我不做聲，也不為阿全抗辯，沒想到連最容易的，把電話放進泡泡袋的工作，他都應付不來。阿全的樣子與常人無異，就是說話愛重複，莫非是聊天時讓工友發覺，告訴了領班？我一直覺得，阿全做泡泡袋包裝工作是沒有問題的，問題是他要在社會裏生存，就得面對其他人，跟人合作；可他一說話，就露了底。

高等程度會考放榜，我的成績不錯，似有考上大學的希望，就辭去暑期工，好好準備面試。誰知最後一天上班，我才知道阿全就在那天給辭掉，和我同一時間離開工廠。

阿全問：「你也給人炒魷魚？」

我一時語塞，唯唯諾諾的應着：「唔唔，是⋯⋯是的。」

阿全說：「他們炒了我魷魚，和你一樣。」

「我是自己辭工的，我和你不同。」

阿全說：「明天再找另一份工作，找到我介紹你。不必怕。」

我語塞了，不想再分辯甚麼。

阿全比我大六、七歲吧，是大哥，下面還有六弟妹。他們家像我們家一樣，一家九口，住最大的廉租房；不同的是，我在家中排行第六，下面只有一個弟弟。我常常在走廊中聽到他的弟妹「大哥」、「大哥」的喊他，可我們幾個小孩子

從沒把他看成比我們年長的「大哥哥」，因為他說起話來，簡直像我們的小弟弟。大概是家教吧，儘管知道他智力有點問題，我從沒喊過他「傻佬」，一直喊他「阿全」。

關於阿全的事，我所知不多，我為甚麼要知道他的事呢？我們好像是兩個世界的人，他是他，我是我。然而，近日我老是想到阿全，奇怪我為甚麼和他同一天離開電話廠，就好像我和他一樣，同一天給主管炒了魷魚。但主管明明稱讚過我的字漂亮，不是嗎？

有一件事我記得很清楚，大概唸小學三年級時，可口可樂舉辦有獎活動，瓶蓋內印上藍色、黃色、紅色的哈哈笑人面，集齊各款哈哈笑可以換獎品。我們不斷喝可口可樂，但開瓶後，總看見瓶蓋內印着黃色的哈哈笑，藍色的，很少，紅色的，一個都沒有。我發明了一種遊戲，就是把多餘的黃色哈哈笑瓶蓋，用鐵鎚鎚扁，鎚成圓形，然後用剪刀，把圓邊剪成一個個尖角，成為像星星的暗器。我在家中練習放飛鏢，在門後畫上圓形標靶，距離五、六呎，舉手一擲，霍的一聲，星矢暗器刺進木門上，我得意極了。只是，荷蘭水蓋不夠硬，擲了十次八次，尖角變軟屈折，刺不進木門，要做新的飛鏢。鐵鎚、荷蘭水蓋、水泥地「碰碰碰」的撞擊聲，刺激着母親的神經；結果我給趕到門外，要在公共走廊上製作我的暗器。

我坐在地上，叉開雙腿，拿着鐵鎚「碰碰碰」的鎚着，荷蘭水蓋像半開的花，被我的鐵鎚硬生生鎚得向外翻，露出生

硬的、虛假的笑臉。那時候對着半袋子的黃色哈哈笑，我感覺中獎無望，用力地鎚着，把着色的笑臉鎚得褪色，不成人臉，變成暗器。

「你幹甚麼呀？」阿全問。

「做飛鏢。」

「好像很好玩。」阿全說。

「是的，很好玩。」

「我也要玩。」阿全笑說。

於是，我拿了幾個黃色哈哈笑給阿全。阿全蹲在我的旁邊，我剪飛鏢的時候他就拿起我的鐵鎚學着鎚蓋子，我鎚蓋子的時候他就拿起我的剪刀學着剪飛鏢。他穿着汗衫、白色的短褲，短褲太小了，或者是褲裏的卵蛋子太大了，擠到褲邊外，皺皺的卵蛋皮，粉紅粉紅的。

我說：「阿全，你走光啦！」

他低頭看看自己的卵蛋子，把卵蛋皮推回褲子裏，繼續剪星星，像個認真創作玩具的孩子。

後來我們走到電梯旁，對着電錶房的木門輪着擲暗器，電錶房三個白色的字就是我們攻擊的目標。從電梯出來，要回家的王太正要穿過我們的攻擊點，她看見我們手裏的飛鏢和門上動也不動的飛鏢，慌慌的說：「停！停！阿全，玩些甚麼了你？作死了你！多危險呀！我告訴你媽去！」王太走到阿全家門口，嘰嘰呱呱的說了一通，全媽拉開鐵閘，走出來邊罵邊拉了阿全回去，然後又走到我家，嘰嘰呱呱的跟我媽說

了一通，我媽拉開鐵閘，走出來邊罵邊拉了我回去，把我的
荷蘭水蓋飛鏢全部扔掉。

　　是不是這一次之後，我和阿全有過一段短暫的遊戲歲
月？我記不清了，在我模模糊糊的記憶裏，阿全和我們（包括
他的弟妹）在電梯大堂跳過橡筋繩，玩過一二三紅綠燈過馬路
要小心，還玩過公仔紙。對了，阿全玩公仔紙特別厲害。我
們用白粉筆在地上畫了幾個方框，寫上不同的數目字，然後
在十呎外畫一條橫線，大家站在橫線外，輪着把一小疊公仔
紙（或摺成一顆）擲向框中。阿全比我們高，他拿着一小疊公
仔紙，用中指按壓，使兩邊微微翹起，然後，他全神貫注盯
着某個方框，舉手，瞄準，身子前傾，前傾，好像要跌倒的
樣子，「啪」的一聲，我們才看見他的手做出投擲的動作，那
一小疊公仔紙已躺在地上的方框裏。我們看得傻了眼，不願
賠公仔紙，就起哄說他身子出了界才擲中，不算數，還沒收
了他的公仔紙。阿全說他是先擲中的，要我們賠；他說話哪
裏是我們的敵手？最後，他的公仔紙全數落入我們的手裏，
我盛公仔紙的曲奇餅罐總是盆滿砵滿。

　　考上中文大學後，我住在沙田的宿舍，很少回家，也
就很少見到阿全。那時香港只有兩所大學，能考上大學，日
後很容易找到工作。在宿舍偶然會想念母親燒的菜，也會記
掛她常常一個人在家，會不會跌倒。她跟弟弟到海邊的露天
停車場買菜，在上斜路的時候跌倒過一次，人和手上一袋一
袋的蔬菜都趴在地上。後來她見到街坊，談起這件事，總是

説：「有沒有這樣的人？阿娘跌倒了，扶都不來扶，還笑着問：『阿娘，你玩泥沙嗎？』這樣呆！」一邊説一邊呵呵笑。她説的是我的弟弟，傻頭傻腦的，讀書不成。我和他唸同一所小學，老師見家長，我和弟弟帶着母親走到教員室，他的老師總是向母親投訴弟弟懶惰、成績差，請母親好好管教他；在旁邊改着簿的陳老師插口説：「哥哥就好，用功得多，人又聰明，兩兄弟，差得遠了！」

這件事之後，我偶然就會在宿舍打電話給母親，問她近況怎樣，叮囑她早上買菜小心走路。可是有一次，打了兩天電話都打不通，電話總是「嘟嘟」響。我慌了，想到家裏可能出了事，就連忙乘了火車、地鐵、小巴回家。打開家門，看見母親坐在沙發上看電視，就問：「怎麼搞的？電話打了兩天都打不通！」母親説：「房屋署説，有人把電話線剪斷了，在維修。」

「誰那麼無聊？」

電話線駁好後沒多久，母親家裏的電話又打不通了。她後來説：「外面的電話線又給人剪斷了。」

「會不會是力豪做的？跟他説一説，不要玩了。」

母親説：「阿仔怎會做出這種事情？」

「怎麼不會？幾年前，他晚上不是在華安樓的斜坡擲玻璃瓶，給一個男人抓住，打電話來投訴嗎？我和爸爸去見那個男人，被他罵了一頓，要我們好好管教他，説下一次要報警！」

母親説：「他還小？」

「他不小，可老是長不大！」

母親説：「你做阿哥的，怎麼不好好教他？」

「你做阿娘的，怎麼不好好教他？只會寵！」

母親咆哮了：「我連自己的名字都不會寫，教個屁！」

我沉默了。

母親後來説，抓到剪電話線的人了，原來是：阿全。他剪了一次又一次，房屋署暗中派人監視，終於逮個正着——他拿着剪刀，第三次下手。電話線就在電錶房的門邊，也就是我和阿全擲飛標的地方，後來房屋署的工作人員用玻璃罩住電話線，以防有人再剪。我以為阿全會給警察抓去，卻見他好好的在走廊擦着拖鞋走來走去。母親和鄰居打麻將的時候，談到這件事，王太邊搓着牌邊説：「原來是阿全做的，弄得我們的電話都打不通。他傻的呀，可以怎樣？徐太前世不知做了甚麼陰騭事，生了個傻仔。」

大學畢業後，我當了中學老師，結了婚，搬離了舊屋；學校就在舊屋附近，我可以常常在中午回家吃到母親的好菜。某天中午，在母親的家裏看到一個圓臉、剪了陸軍頭的小孩。

「誰家的小孩？」

「阿全的兒子。」

「阿全？他結了婚？」

「是的。」

「還生了兒子？」

「是的。」

「他怎麼會生兒子？」

「怎麼不會？」

「他傻的呀！也會做？」

「你會生，他也會生呀。」

「誰肯嫁他？」

「徐太幫他在大陸找的。」

「一定是為了來香港。」

「當然是為了來香港。」

「慘囉！」

我坐下，問小孩：「你叫甚麼名字？」

「徐家威。」聲音小小的，尖尖的，像小雞叫。

「幾歲？」

「三歲。」

「爸爸、媽媽呢？」

「返工。」

徐家威的樣子不像有蒙古症，精靈精靈的，與一般小孩無異，對答流暢，沒有重複，似乎沒有遺傳父親的病，讓人鬆一口氣。然而，這樣的婚姻，這樣的結合，令我聽後有一種奇怪的感覺。眼前浮現赤裸的阿全，青白的屁股一縱一縱，呵呵的發出狼叫的聲音。

我們住的是井字型的廉租屋，家家戶戶的門外，中空的天井採光十足，我家和阿全家都在走廊的盡頭，經常拉上

鐵閘開了門。住廉租屋有這樣的好處，鄰里之間總是熟門熟戶，所以徐家威可以讓母親免費照看幾小時，吃美味的午飯。

有一天，我下午不用上課，在母親家吃過午飯，就躺在沙發上小睡。不久，大門傳來輕柔的刷刷的聲音，睜開眼，迷糊間，只見徐家威站在我家門外，雙手抓着鐵閘，輕輕搖着。我起身，走到鐵閘前問：「想進來玩？」徐家威點點頭，我就把鐵閘拉開，讓他進來，還在玻璃櫃中找出幾個超人公仔給他玩。

「這是超人吉田。」

「這是蒙面超人。」

「這是鐵甲萬能俠。」

這些超人是我弟弟的，這麼大個人，還喜歡花無謂的錢買模型砌，全是日本卡通片、電視劇的各式超人。我升上中學就不再玩這些玩意了。

「超人，這些都是超人，會飛的，會騎電單車的，會分身和合體的，你懂不懂？」

徐家威認真地點頭，說：「超人變身！超人會把怪獸打死！」

徐家威在我家玩了一會，徐家威的家突然傳出爭吵的聲音，越來越響；我走到鐵閘前張望。「刷」的一聲，只見阿全急急拉開鐵閘，剛竄出走廊，就給一隻手抓住，然後被一隻拖鞋啪啪啪的打在頭上臉上。阿全一把搶過拖鞋，擲到圍欄外，頭髮馬上給另一隻手抓着。阿全想用手把頭上的手推

開，推不開，就抓住，想抓開那隻手，抓不開。阿全的頭髮像一堆亂草，給一隻拔草的手死死抓着。

這時，我媽午睡給驚醒了，從房間趿了拖鞋出來，走到我身旁問：「誰吵得那麼厲害？」

她從鐵閘的空隙看到全媽從家中走出來，走到阿全的身邊，一隻手抓住抓着阿全頭髮的手猛拉猛搖，一隻手啪啪的打在一個女人的臉上，邊打邊大聲説：「放手！放手！」

全媽的手給女人的另一隻手撥開了，全媽的頭髮倏地給抓住，她只得低下頭，好減輕痛楚，一隻手從女人的手腕間鬆開，抓住抓着自己頭髮的手猛拉猛搖，一隻手在空氣中亂摑亂擂。

我媽聽到全媽低着頭歇斯底里地厲聲罵道：「癲婆！癲婆！」

我媽在我身旁説：「要不要幫手？」

我在她的身旁説：「那就變成六國大封相了，老師打架會丟飯碗的。」

這時，我看到阿全忽然蹬左腳，一縮一撐的踩在女人的肚子上。女人「唷」的叫了一聲，抓着兩人頭髮的手同時鬆開了。忽然，她轉身，把自己的頭撞到牆上，邊撞邊嗚嗚哭着。我聽到她歇斯底里地對着牆壁厲聲哭罵：「死傻佬！死傻佬！」

然後，她給全媽硬生生地扯進屋子裏，「砰」的一聲，關了門。

幾個開了門，在走廊惴惴觀看事態發展，像我一樣猶豫

着要不要幫手的鄰居，一個一個返回自己的家，拉上鐵閘。走廊中接連傳來「刷刷」的關鐵閘的聲音。

母親説：「徐家威暫時不要回家了。」

我説：「徐家威暫時不要回家了。」

母親返回房間繼續午睡，我躺回沙發上繼續午睡，偶然睜眼看看徐家威。

徐家威暫時在我家和超人玩耍。他抓着超人吉田，讓超人吉田在半空中做着飛的動作，徐家威神氣地説：「超人來啦！」

「阿威，阿威，回家啦！」再睜開眼時，不知甚麼時候，剛才打架的女人站在我家的鐵閘外，探頭探腦的往裏瞧，邊瞧邊喊。母親從房間出來，拉開鐵閘，問候了一聲：「全嫂，沒事了？沒事就好啦！床頭打架床尾和。」

阿全的老婆進了我家，走到我的面前，這時，我才看清這個女人的樣子——二十多歲，皮膚白皙細滑，像張曼玉般漂亮；可惜額頭碰得瘀青，腫起了，眼睛紅紅的。一朵鮮花插在牛糞上，我幾乎衝口而出。

我禮貌地一笑，從沙發上坐起來；她也禮貌地一笑，然後，她對着徐家威説：「阿威，玩夠了，要回家了。」

徐家威不捨地放下手上的超人。

「要説甚麼呀？謝謝叔叔啦。」女人教導孩子。

「謝謝叔叔。」徐家威對着我説。

「那邊是誰呀？要説甚麼呀？」女人教導孩子。

「謝謝。」徐家威對着我母親説。

　　然後，阿全的老婆抱起徐家威，走出我的家門。

　　阿全的老婆走出我的家門，把徐家威往欄杆外用力擲出去，然後攀過欄杆躍下。

　　我見到一團小東西往下掉，再見到一個人影往下掉。

　　「噢！」母親驚呼。

　　「慘囉！」我如夢初醒，炸開肺大叫，然後我聽到走廊此起彼落的尖聲呼喊：「有細路跌落街！」

　　「阿媽揼仔落街！」

　　「個老母跳埋出去！」

　　我被這些此起彼落的淒厲呼喊嚇得當場暈倒。

　　醒來的時候，我看見徐家威站在我的面前，小小的一個影子。

　　「叔叔，我會像超人一樣飛了，你會不會飛呢？你陪我一起飛吧。」徐家威說。

　　「走開！小鬼！」我大喊，嚇得出了一身汗。

　　醒來的時候，只見房子明亮，家具都安安靜靜，空氣中一點血腥都沒有。我看見徐家威坐在地上，手裏抓着超人吉田，奇怪地望着我，地上躺着懞面超人和鐵甲萬能俠。

　　看看牆上的鐘，三點二十一分，不知不覺睡了一個多小時。正自恍惚，聽見鐵閘外有人喊：「阿威，要回家了。」

　　母親從房間出來，拉開鐵閘，說：「全嫂，放工啦。」

　　「放工了，謝謝你。」

　　阿全的老婆進了我家，走到我的面前，這時，我才看清

這個女人的樣子——三十多歲，有點胖，短髮圓臉，戴着沒有雕花的素身金耳環，短花衣，長褲，紫色厚底塑料拖鞋，像六十年代在街市買菜的女人。

我禮貌地一笑，從沙發上坐起來；她沒有和我打招呼，對着徐家威說：「阿威，玩夠了，要回家了。」

然後，阿全的老婆抱起徐家威，走出我的家門。

「我送你們回家吧。」我說。

「不用啦。」

「我也想走走，我睡得太多了。」

阿全的老婆走出我的家門，我跟着他們走出了我的家門。我貼在後面，身子挨近欄杆，左手輕觸徐家威的小腿，終於走到他家門外。

「刷」的一聲，鐵閘拉開了。

「刷」的一聲，鐵閘關上了。

我站在鐵閘外，目光穿過鐵閘的空隙——徐家威從媽媽的手中下到地上，回過頭來望着我。阿全從碌架床的上層爬下來，我連忙轉身離去。

我為甚麼老是想到阿全呢？

妻子說：「你怎麼老是穿着汗衣短褲走到露台？我們住最低的一層，平台的人看見一個大學老師穿成這樣子，好看？快點進來！小心《八卦周刊》的記者偷拍你！」

「我又不是名人、電視明星。哎，我的頭又痛了，也許明天，我會突然死去。我患了青春痴呆症了，很多字我都記不

起怎樣寫，我很快就會給學校炒魷魚的了。」

妻子說：「阿權，我實在沒法幫你了，你不如見見黎醫生吧。」

所以我一個人來到黎醫生的醫務所了。

黎醫生問：「和家人的關係怎樣？」

「不錯。」

「和其他人的關係怎樣？最近有甚麼不開心的事？」

「和其他人的關係都不錯，沒有甚麼不開心的事。」

「晚上睡得着嗎？」

「睡得很好。」

「沒有失眠、反覆做噩夢？」

「沒有。」

「工作壓力大嗎？你做甚麼工作？」

「我在大學教書，工作壓力有一點，但不大，很有滿足感。」

黎醫生顯出疑惑的樣子，我知道他想我答些甚麼，他的眼神催促我合作些，外面有很多病人輪候。

我說：「是這樣的，我母親死了。我母親死前，常常頭痛，記性越來越差，頭腦不靈清。她炒的菜很好吃，但有一次她竟然用洗潔精炒菜，越炒越多泡。她老是說心慌慌，老是說死給你們看，她就突然死了。她死前好像患了精神病。母親死後，我出現她死前的各種癥狀，還會無端流淚，我想我患了精神病了。」

「這不是精神病，這只是 grief reaction。」

「我要吃藥嗎？」

「不用吃藥。」

踏出醫務所，我覺得自己的身子輕得會飛，我變了另一個人。

「九百元，值得吧。」妻子知道我不藥而癒，笑着說。

「只問了幾個問題，給了一個答案，不足三分鐘，藥都不給一粒。九百元，太容易賺了！真是吸血鬼！」

「貴就貴在這裏，讓你知道自己沒病。」

「但我總覺得是我害死了母親。」

「你又來了！不是你，要數的第一個是你弟弟，拿她的棺材本去做生意！」

「是我在電話中很大聲地罵她，把她嚇傻了。她要我感受她死前的痛苦。」

「你又來了！你們全家都有問題！」

如果我的弟弟在深圳相睇後，娶了那個從老家飛到深圳來相睇，叫梅花的女人，我弟和我母，能否避過這一劫呢？我的弟弟，相睇回來笑眯眯的，說梅花好漂亮，還說兩個人在房間裏的時候就嘴了她。我說：「有沒有搞錯？第一次見面就嘴人，你這色狼！」

他嘻嘻笑着說：「她 kiss 的時候閉上眼睛呀！」

幾天後，下班回家，他跟母親說：「那個女人，我不要了。」

母親忙問為甚麼。他就説:「公司的阿黃説,你不是殘廢,又不是傻,幹嗎娶大陸妹,給你戴綠帽的呀!」

母親氣死了,説給梅花和她爸媽出錢買飛機票,在深圳包食包住一星期,花了萬多元,到頭來一場空,前世欠了這小鬼頭!

小鬼頭結識了兩個女人,都慫恿他做生意。兩次生意失敗,兩個女人都溜了。

父親説是第一個女人搞砸了他和梅花的婚事,害死他。

四姐説是第二個精明的女人,騙去他所有錢,害死他。

母親死前,慨嘆着説:「你兩兄弟,只差一歲,你,甚麼都有;你弟,做王老五一直做到死。」

她在一個早上突然倒下,天還未亮。父親説:「有沒有這樣的人?阿娘跌倒,他叫:『爸爸,爸爸!阿娘跌倒!』我起床扶你娘,他卻蓋被子想再睡!那麼呆!我家怎會出了個傻人!」父親説的時候,臉寒寒的。

我一直覺得,是我害死了母親,我在電話中很大聲地罵她不聽我勸,拿棺材本給從沒碰過餐飲業的弟弟開餐廳,沒有在她患病的時候帶她見黎醫生。

是我害死了母親。

我的頭又痛起來了。

我眼淚汪汪地對妻子説:「我是阿全!我是阿全!有一天,你會和我離婚!」

布魯各的兩隻大象

1

　　我已經分不清那是遙遠世界的紀錄片、博物館的畫，還是近在眼前的見聞，或許只是我以為真有其事的想像——強勁的想像產生事實？像我這樣一個居無定所、到處流浪的人，一切注定煙消雲散，不留痕跡。所以我對任何事物都保持冷漠，只剩灰黑；但那兩隻大象，卻總是幽靈般無端魅現，伴隨着火把、霓虹燈。

　　寂靜的晚上，充滿躁動的聲音。圍觀的人群中，幾個男人舉着火把。偶然有風，有無形的氣流，火光竄來竄去，人群把世界圍成山洞，篝火閃亮，他和他的臉，忽然明亮，忽然陰暗。我看不清他們的臉。

　　一隻大象，脖子套着噹啷的鐵鏈，前腳和後腳綑着粗大的麻繩，在狹窄的木柵中，不斷扭扯着鐵鏈、腳繩，縱聲嚎叫。木柵外，幾個人拿着長矛，穿過柵欄的空隙刺向大象的肩背、四肢。一個男人坐在木柵頂，拿着短棍鐵錐，朝象頭敲下去。銳利的鐵錐穿過柵欄的空隙，擊中大象的額頭，傳來低沉的、拓拓的聲音。錐尖刺進厚厚的象皮，空氣裂開，

迸出鮮紅濃稠的、呼吸重濁的嚎叫。木柵被不斷掙扎的大象撞得劇烈晃動、呼呼亂響，彷彿隨時散架，但上面的人並不畏懼。火把的光移近象頭，滿是粗礪褶痕的厚灰皮一褶一褶圍着一隻橙黃的眼睛，亮黑的睫毛長短錯亂，迷糊的眼眶汪着一泡不明所以的生之苦，溢到眼眶外，乾灰中一片濕黑。那是我第一次看見大象流淚。

另一隻大象，脖子套着粗大的麻繩，前腳和後腳套着鐵鏈，鐵鏈和麻繩扣住一棵大樹，大樹的根深不見底。大象要甩掉脖子上的麻繩，拼命拉動繩索，粗礪的麻繩像鋸子，把厚厚的象皮鋸出了斑斑血跡。站在樹上的人，拿着火把搖晃，有人用長矛猛刺，有人用棍打，有人用鐵錐猛力敲擊大象高聳的肩背。「唬！」不馴的淒厲嚎叫響徹夜空，混雜鐵鏈叮叮噹噹的聲音。

直到兩個大水桶出現面前。牠，和牠，終於靜下來了——伸長象鼻拼命喝水。世界，忽然剩下水的聲音。

2

皇上正襟危坐在廣場的寶座上，帝座閃着太陽的金光。他頭上的皇冠，鑲滿紅寶石。左邊的皇后，頭上的鑽石冠熠熠生輝。皇后偶然和皇上談話，展露笑容。下面，按官爵、身份高低列坐的，是他們的臣子。皇上坐在最高點，偶然俯視中空的廣場，他看見一大群黑蟻站在圍欄的兩旁看熱鬧。

遠處，十二生肖塔中，是抓着鐵枝的囚犯。他們在禁閉的空間中，可以看到一些影子，聽到如雷的歡呼，想像這個慶典的盛況。

一隻白牛從打開的木柵中走到場中。我從未見過這麼漂亮、雄健的白牛。牛皮細滑得映出溫潤的，好像從裏面滲出來的亮光。左右橫生的牛角，以優美的弧度彎向天空，削成堅硬的尖鋒。白牛就這樣，在場中緩緩前行，場中響起輕輕的、細細的叮、叮之聲。牠的頸下，掛着鈍金的鈴鐺。白牛偶然望着圍欄外黑壓壓的人群，翕動着嘴巴。

「嘩！」、「啊！」一陣驚呼，廣場兩旁的群眾都伸長了脖子。左右的閘門打開了，兩隻披着金色額飾、金色華毯、金色腳套的雄象，邁着高貴的步伐昂然進場。象夫戴着鮮紅的額飾，穿着鮮紅的服裝，駕馭着雄象來到廣場中央。象夫從象背上爬下來，引導大象朝皇上下跪敬禮。

鼓聲雷鳴！兩隻象轉身逼近白牛。象夫首先要搶奪白牛掛着的純金鈴鐺，這是對勝利者的賞賜。然後是象與象的對決，直到把對手扳倒，這是榮譽的爭奪。

白牛看見一頭大象攔在前面，並不退縮，低下頭，尖角抵象鼻，卻撞在象牙上，被硬生生震退。另一頭大象馬上逼過來，把象鼻搭在牛頸上。白牛不斷轉動牛頭，尖角亂抵亂刺，搖得金鈴叮叮響。另一隻象的長鼻也搭在牛頸上，用力頂撞。白牛慌了，挫動身子後退，卻給兩條長長的象鼻綑着——毒蛇綑象。

兩個象夫同時解開了腰間的袋子，把竹竿吊着的東西，移到大象的耳朵。雄象嚇得「啊啊」顫叫，扇着的大耳即時死死地封貼耳孔，身體瘋狂擠撞。白牛給撞得「吽吽」叫，卻無法擺脫象鼻的扭纏。觀戰的民眾看到二象爭牛，異常亢奮，都在為自己陣營的雄象吶喊助威。他們全情投入鬥象的活動，把一隻象的勝負看成是自己的勝負，把一隻象的光榮和恥辱看成是自己的光榮和恥辱，把另一陣營的群眾看成是自己的敵人，然後把鬥象的激情帶回家去。

象夫把竹竿拉後，彷彿拋魚線，被竹竿的繩子縛着的東西，又隨竹竿的甩動，拋物線飛撲到大象的耳邊。那東西忽然「吱吱」大叫，在象耳上亂抓亂爬，大象嚇得「啊啊」癲叫，盲衝直撞——「裂」的一聲，白牛的頭被兩條觸電的象鼻硬生生扯脫，牛血泉湧，純金的鈴鐺掉到泥地上，澄黃血紅。整個廣場響起震耳欲聾的歡呼，鼓聲隨即奏響。

太遠了，我沒有看見皇上觀賞鬥象時臉孔的表情、變化。我甚至沒有見過他笑。我知道這一切都看在他的眼裏。

3

馬戲已經沒有叫座力，今天的市民喜歡看象戲。巨大的帳幕下，觀眾熱切等待。

一陣嘻嘻哈哈的笑聲——十多隻大笨象，不分雄雌，都穿着彩衣，四隻腳套着波浪形彩袖，像跳艷舞的妖姬。大笨

象一邊隨着音樂起舞，扭動身子，一邊轉動着鼻上的籐圈。牠們繞場循行的時候，所有觀眾都清楚看到大笨象身上的彩衣，招展着不同廣告的文字和圖像：啤酒、香煙、酒店、動物園。

象操之後，一隻大笨象緩緩爬上短梯，短梯扣住一個金屬大圓桶，桶上橫放着一條大方木，方木的另一端，是另一個金屬大圓桶。大笨象一步一步爬到鐵桶上，站定，小心翼翼把肥圓的腳踩在方木條上，試探着，一步，一步——陸地上力量最強大的大笨象，就這樣停在懸空的方木條的中央，方木條不勝重負，有點壓彎。大笨象扇着大耳朵，但牠飛不起來。牠提起了一條腿，又一條腿，再一條腿，以右前足撐起了龐大的身軀，停了三秒（掌聲雷動）。大笨象把三條腿放下來了，小心翼翼走到方木條的另一端，穩穩地踩在鐵桶上，然後快步走下短梯，走到觀眾席前，交疊前腿，身子後挫，做了一個淑女有禮的動作（笑聲雷動）。

小解後，我走到象戲團的帳幕後，看到一隻有點瘦的大象，沒精打采地伏在地上。另一隻大象站在旁邊，長鼻垂着，似無所動，斜眼盯着牠。掌聲響起，站着的大象，低吼一聲，用鼻子推推伏着的大象，推牠起來。伏着的大象似乎還想睡一會，或者累得沒有意識了。站着的大象把兩枝彎長的象牙插進牠的腹下，把牠撬起。這時，我聽到甚麼地方傳來叮噹作響的輕柔鐵鏈聲。

我回到觀眾席上，看見空地中央，一隻大象對着斜斜豎

立的畫板，象鼻捲執着畫筆，蘸了顏料，一筆一筆，在白色的畫紙左邊，畫了一隻線條簡單的啡色大象。啡色大象微笑着，仰着頭，高舉象鼻，捲抓着一枝綠葉疏朗、含苞待放的豔紅玫瑰。諧趣的司儀認真地説：「大象要把這枝玫瑰送給每一個人。」

4

今天是我的生日，沒有花，卻有三個朋友請我到大排檔吃飯喝酒。我們點了蒜蓉蒸蝦、椒鹽九肚魚、椒絲腐乳通菜、京都骨、窩蛋牛肉煲仔飯，和可能是全世界最好的啤酒。邊聊邊等，蒜蓉蒸蝦剛放在小圓桌上，暖煙與蒜香蝦香裊裊升起，「飲杯！」、「飲杯！」，叮叮叮，「生日快樂」！此起彼落的「飲杯」、「叮叮」、「生日快樂」，竟然降臨到不知有沒有明天的人身上，而昨天——昨天已經消逝了。我骨碌骨碌灌下滿杯啤酒，臉一熱，忽然覺得自己可能是全世界最幸福的人。

忽然，我的右臉給甚麼東西輕觸了一下，癢癢的。我別過臉，只見一條長長的、正退回去的黑影。直到我把身子轉過去，才清楚看到一隻邋裏邋遢的小象。牠看見我轉身，緩緩移動身子，一跛一跛的靠得更近。我低下頭，看見小象的左腳斷了，小腿切去，一個齊口切平的1.5公升可口可樂塑膠瓶，套在傷口上，成了牠的義肢。牠就這樣，在水泥地上點

着可口可樂的塑膠瓶,「哥哥,哥哥」的,不知從這個城市的甚麼角落出發,一跛一跛的小步走前來行乞。

我的臉不受控制地顫動起來,眼睛迷糊,捲進滿街燈紅酒綠的霓虹:「天奴!」

我站起來,東張西望,正想尋找甚麼。

一個男人遞來了一個空鐵盒。

責任編輯：羅國洪
封面設計：洪清淇

來娣的命根

王良和　著

出　　版：匯智出版有限公司
　　　　　香港九龍尖沙咀赫德道2A首邦行8樓803室
　　　　　電話：2390 0605　　傳真：2142 3161
　　　　　網址：http://www.ip.com.hk

發　　行：香港聯合書刊物流有限公司
　　　　　香港新界大埔汀麗路36號中華商務印刷大廈3字樓
　　　　　電話：2150 2100　　傳真：2407 3062

印　　刷：陽光 (彩美) 印刷有限公司

版　　次：2019年9月初版

國際書號：978-988-79782-0-6

香港藝術發展局
Hong Kong Arts Development Council 資助

香港藝術發展局全力支持藝術表達自由，本計
劃內容並不反映本局意見。